FLORET

READING

小花阅读

我们只写有爱的故事

青春阅读 幸得相见

- 春风集 -

系列 02

姜辜 | 小花阅读签约作者

懒，拖延症，自由散漫，非典型摩羯座。
柜子里塞满了奇奇怪怪的裙子，喜欢冷门的东西。
很多方面都不太像女孩子，话多话少看心情。
再圆一句回来，偶尔还是个很好玩的人啦。
伙伴昵称：wuli 璇，奶黄包

个人作品：《遥不可及的你》《深宅纪事》《路途遥远，我们在一起吧》
《春风集 · 摘星星的人》

ZHAIXINGXINGDEREN

春 风 集

摘星星的人

姜辜 著

我的星星，只有一个你。

花山文艺出版社

小 花 阅 读

【春风集】系列 01

《春风集 · 森林记》

晏生 著

标签：温暖治愈｜首本青春心动故事书｜12 次怦然心动

内容简介：

小花阅读人气作者晏生，在温软时光里，献上她收集的所有怦然心动。

12 次他与她的遇见，12 次我喜欢你。

全书包含《森林记》《蝉时雨》《你与时光生生不息》《陈塘夜话·颐宁》等 12 个精彩故事。

有爱片段简读：

他有一次感冒，躺在床上休息，有人轻吻他的脸颊，微凉的温度印在唇角。他忍住笑意，不敢睁开眼睛，怕吓坏他的小姑娘。

他装睡，听她在床头背诵情诗，和风送来沉醉的花香。

"长日尽处，

我来到你的面前，

你将看见我伤疤，

你将知晓我曾受伤，

也曾痊愈。"

我知晓你曾受伤，想护你痊愈。

而我爱你，岁月永恒，天地希声。

——《来时雪覆青桉》

小 花 阅 读

【春风集】系列 02

《春风集 · 摘星星的人》

姜辜 著

标签：文艺又美好｜我们的世界甜甜的｜少女情怀总是诗

内容简介：

小花阅读人气作者姜辜，精心收纳十三份明亮而美好的故事。
最温暖的呼唤与最美好的期待。
世界这么大，我却独独喜欢你。
全书包含《微风与春水》《寻人启事》《此情不渝》《摘星星的人》
等 13 个暖爱短篇。

有爱片段简读：

纪柏舟，那一刻，我没有办法不对你动心。
以至于后来，我都梦到过很多回这个场景——
狭窄的巷子里，你背对着夏末秋初的阳光，空气中好像还残留着全麦吐
司的香味。
你站在我面前，向我伸出你的手，它匀称好看，经脉微凸，年轻有力，
你将它伸到我的面前，然后你问我，走吧？

走。纪柏舟。我走。
天涯海角，我都跟你走。

——《写给你的一百封信》

小 花 阅 读

【春风集】系列 03

《春风集 · 我愿人长久》

打伞的蘑菇 著

标签：致青春｜爱情童话主题书｜11 次全力呼唤的我喜欢你

内容简介：

小花阅读人气作者打伞的蘑菇，首本清甜爱情短篇集，内含 11
个细水长流的心动故事。

关于青春岁月的那些偷跑的心跳和没能说出口的"喜欢你"，
给出的一次美好结局。

全书包含《八千里路云和月》《十三亿分贝》《我愿人长久》《爱
不可及》等 11 个优秀故事。

有爱片段简读：

何遇抓着她的手，渐渐变得透明的手，渐渐变得透明的身体，他忽然记
起来，在他漫长而孤独的一生中，好像总能梦见一个人，透明地，存在
于他的生命里。

她是听夏。

听夏伸手抚上他的脸，眼里的光一点点地变淡："我来到这个世界，他
说我会遇见一个人。"

"然后呢？"何遇的声音有些哽咽。

"然后我爱他，胜过这个世界。"

——《透明人间》

序 /

来 自 甜 心 少 女 的 碎 碎 念

当我把最后一篇短篇整理好的时候，我才发现，原来2016年已经过完了。

啊——时间果然和钱一样，是这世界上最不经用的东西。

让我想想，去年这个时候我在干什么。

应该还在等着大鱼给我复试通知——其实现在想起来，也还觉得不可思议。

大鱼的招聘信息是我在准备司考的时候发现的，那个时候我面前大概还摊着一大堆砖头厚的复习资料和一捆用光的笔芯，我咬着笔杆子，想，要是考试能过，还能进大鱼的话，那多棒呀——你们看，我想这句话的时候，一定被出来放风的神仙听到了，通通实现了。

所以我命令你们，没事的时候必须多多许愿。

我不知道有没有说过，我和伞哥是在面试时就打过照面的，并且我们对彼此都有着深刻的印象，不，其实确切地说，我是对她那件鲜绿色的呢子衣有着很深刻的印象（不过呢子衣已经退位了，她靓丽的红毛衣取代了它在我心中的地位）。嘻，我不管，我的伞哥最可爱啦。

露露是一个很慢热的酒心女孩儿，总裁嘛，总是慢热的，你们要用心感受（她可是在我们认识的第一年的冬天的某一个周末告诉过我，她很想我的，虽然就那么一次，虽然她本人可能并不记得，哼）。我还记得她自我介绍的时候声音总是很小，她说她是"晏子使楚"的晏，我最开始碍于不熟所以没有问晏子使楚是什么意思——当然，我现在仍然不知道是什么意思。

至于我们的"忙内（老幺）"，琳达宝宝。最开始的时候我觉得她很像我大学班上的学习委员（当然经过大家的对比和验证，都觉得我的眼睛可能有问题），再后来我觉得琳达很酷，因为我记得她有一件黑色的皮衣！不过经过这么久的相处，我对琳达的印象已经转成：为什么这么傻的人要穿皮衣？她到底什么时候穿上她那件黄色的袄子？我送她当作嫁妆用的红底龙袍裙她为什么不接受？

最后，就是我们亲爱的烟罗姐姐和若若梨姐姐啦（厉害的人总是压轴出场）。

我从一个连文档格式都不会调的电竞少女变成一个和 WPS 相依为命的

甜心女孩儿，是经历了一段时间的，在这段应该可以被称作不断历练的时间里，是作为大前辈和标杆的姐姐们一直在帮助我，给我提意见，给我修情节，互相贡献表情包等等，等等，当然，最主要的是感恩她们一直以一颗爱我的心不嫌弃我，嘻。

　　过去的一年是连我爸都对我的好运气感到惊讶的一年，也是小花阅读和大家幸而相见的一年。

　　至于新的一年——还没有过完，我拒绝不完整的定义（对，其实是我想不出）。

　　总而言之，这本书里收录了我这一年多以来写过的很多短篇。

　　可能还有不错的，也可能有其实不那么好看的，但是不管怎么样，我的成长，都在这里。

　　最后的最后，希望你们喜欢。

姜幸

我有一个憋了三年的恋爱，
想跟你好好地、正式地，谈一下。

—— • ——

CHUNFENGJI
ZHAIXINGXINGDEREN

目 录 _ Contents

目 录 _ Contents

春 风 集 · 摘 星 星 的 人

一块
小甜饼

＼

你喜欢狗，我喜欢猫，不过不要紧，
反正我最喜欢你。

1.生死之交也得写检讨

这已经是丁恬第四次被曲斯年从教导处里给拎出来了，所以她一点儿也不害怕。

年轻人嘛，不能，就输一半。

秉持着这种观念，丁恬好心情地朝着花坛边的清洁大叔笑嘻嘻地打了一个招呼，刚刚多亏了他的帮忙，不然自己也不会那么轻松地就从后门溜出去。

看来队友这种东西，不管在游戏中还是现实里，都是最了不起的加成。

"老实点儿。"曲斯年没有回头，甚至连步子都没有顿一下。

"曲老师,你脑袋后面是不是长了眼睛?"丁恬虽然听话地收回了正挥舞在半空中的手,但她完全不害怕眼前这位实习老师。说了嘛,这已经是第四次了,按照一回生二回熟这种理论,那么她和曲老师应该都能算得上是生死之交了。

"别说话。"

得,被生死之交嫌弃了。丁恬委屈地瘪瘪嘴,顺道踩了一脚曲斯年的影子。

曲斯年将金丝眼镜往鼻梁上推了一两分,走进了高中部的新翔楼,路过一楼大厅的仪容镜时,极快地从镜子里扫了一眼此时正乖乖跟在自己身后的人,将笑意敛进了深眸里:"你声音太吵,听起来头疼。"

"你……"丁恬瞪着大眼睛,脸上的表情也由委屈转变到不服。

"闭嘴。"曲斯年拧开办公室的门,成功截杀。

"说吧,为什么又跑出去了?"

曲斯年重新坐回了自己的位置上,也懒得抬起眼皮子去看丁恬了,反正她现在的表情,自己也能猜个七七八八。

"学累了。"丁恬面不改色心不跳,"想出去放飞一下自我。用我们人到中年的班主任的话来说,就是给自己充个电,就昨晚他在朋友圈分享的那个链接,你点进去没?"

曲斯年皮笑肉不笑:"你倒是挺响应号召。"

"当然。"丁恬骄傲地挺了一下胸膛,以为就此瞒天过海。

"那你逃什么体育课?"曲斯年瞥了眼高一四班的课程表,接着心不在焉地用指腹轻轻划了一下笔记本电脑的触摸板,在去教导处拎丁恬之前，他正在办公室里专心写着毕业论文。"你们年轻人不是最喜欢在洒满阳光的操场上自由地奔跑吗？"

"因为我……"丁恬心一横，"我来了例假！不能做太过剧烈的运动，会血崩。"

"吃绵绵冰就不崩了？"曲斯年这会子才掀起眼皮子看向对面的丁恬，并且悠闲地双手交叉。

"你是一个老师、一个园丁，可你，你……你怎么能跟一个花季少女这么说话？太不知羞了！"丁恬眼看兜不住了，干脆把电视剧的台词给搬了出来，也不知道能不能糊弄过去。反正装出一副受迫害的样子就对了，现在就看曲斯年这厮还有没有一点儿良知和羞耻心了——但她好像忘了，她向来是用斯文败类和衣冠禽兽形容曲斯年的。

"演技这么差，最好以后别说你是我的学生。"

曲斯年完全不上丁恬的套，长腿一伸，就把靠在自己办公桌边的那把椅子踢到了丁恬腿边。

"坐。"

"不坐。"丁恬想也没想地拒绝了，但一对上曲斯年眼镜后那双眼睛时，背后又开始冒凉气，于是只好规规矩矩地坐在了他的对面。

沉默半晌，丁恬还是认输了，她双手闲不住地拿了曲斯年桌上的一支笔在玩。

"那我……就说，说实话了啊，你可别笑话我。"

曲斯年面无表情地点了点头："我要笑话你，不差这一个理由。"

摘星星的人 ///004

"因为书香路那家棉棉冰店今天做活动!"丁恬脖子一梗,觉得自己就像是个战士,"今天下午三点到四点,平常卖二十八的奇异果冰只要十四块,不去吃多亏呀!"

"十四块。"曲斯年顿了顿,"那老板也赚了你十块。"

"你这个人怎么这么俗气呢!我是吃个开心。"

"哦。"曲斯年笑着望向对面那张愤愤不平的小脸,"也不知道你明天交两千字检讨的时候,会不会开心。"

闻言,丁恬身子一僵,但马上又恢复成没心没肺的样子,想着该怎么样才把这个话题带过,反正这些小打小闹的检讨报告,班主任已经全权委托给曲斯年了,所以——只要他松口,那么就不用写了吧?自己好歹也是他钦定的课代表呢!

"曲老师。"丁恬绽放出一个自认为特别可爱的微笑,"您刚才没上课,是在忙什么呀?说不定我可以帮您做上一点的。"

还学会卖乖了?

曲斯年挑眉一笑,但话里的嫌弃丝毫不加掩饰:"我的毕业论文,你可以帮我做?"

丁恬语塞,一个高一的我如何拯救一个大四的他?

不行不行,不能,好歹自己历史书也被他罚抄了不下三个本子,怎么能认?

"就算是您的毕业论文，您怎么就知道我做不来呢？说不定我在您的悉心指导下，历史突飞猛进，水平直逼当代大学生……"

曲斯年懒得听丁恬瞎扯犊子，直接将笔记本电脑整个儿翻转过去，文档上方硕大的标题直接叫丁恬傻了眼——什么叫论铽与镓共掺杂的二氧化硅材料的制备及发光性质？

曲斯年做了一个请的手势："您试试？"

"现在当老师这么穷？"丁恬一脸惊恐，"你都要靠着帮别人写论文过日子了？"

曲斯年的脸黑了几分："我本专业就是化学。"

"什么？！"丁恬惊讶地提高了音量，还好此时办公室里只有他们两个人，"那你为什么教我们历史？你是不是在看不起我们二中？"

其实这件事，在曲斯年心中，是一段非常羞辱的历史，曲斯年忍不住在心里爆了句粗口，怎么哪儿都有"历史"这两个字。

这得追溯到大一下学期，本来是曲斯年想整蛊室友给他报个双学位，毕竟对于他们理科生来说，没有什么比"师范"和"历史"之类更可怕的东西了。可就在曲斯年报名成功准备退出系统时，却突然看到账户信息一栏，赫然显示着自己的名字和学号……

果然人得向善啊！曲斯年冷漠地想，还有，有些东西，太过熟悉，也不是什么好事。

"我无聊。"曲斯年当然不会说实话，"双学位修着玩。"

"哦……"丁恬拉长着声音做恍然大悟状，就在曲斯年以为她至少会夸上一句好厉害的时候，她咂了咂嘴，"那你还真是闲得慌。"

"出去。"曲斯年的脸彻底垮了下来，"明天第八节课之前，三千字检讨，交到我桌上。"

2. 记台球厅一战

"雨，停了。街边的杨柳娉娉婷婷，如你的秀发在随风飞舞，一轮雨后的月亮就在此时出现，恰似你的脸庞，淡淡的忧伤落在我的心上……"

"停，停！"丁恬捂着耳朵，赶紧上前踢了一脚正在台球厅向她大声朗诵情书的马方旭，"住嘴。你念的什么东西啊？酸死了！"

"情书啊。"马方旭很无辜，他和丁恬从小就是邻居，今天下午死乞白赖地跟着她一块儿出来玩，就是为了跟她告白。因为周六下午打球的时候，他在二中念书的哥们儿告诉他，二中招人讨厌的男孩子有点儿多，在他们这个年纪，"招人讨厌"大致可以等同于"风头较盛"，所以，马方旭就害怕了，他害怕丁恬被别人抢走，这可是他幼儿园就看上的女人。

就是现在，告白要快，姿势要帅——如果刚刚不被丁恬打断的话。

"是不是这个情书写得不好？"马方旭一本正经，"那你再听一下，精彩的部分在后……"

　　"就在下一个字我也想不听了。"丁恬白了马方旭一眼，从他手里抢过那张被他捏得皱巴巴的纸，漫不经心地问，"网上抄的吧？就你，还知道娉娉婷婷怎么写？"

　　"才不是。"马方旭要强地扬起了下巴，"抄是抄了，但我也有改编，算半个原创。"

　　"我看你算整个儿白痴。"丁恬从小就欺负马方旭，怎么也不会相信他喜欢自己，难不成这个一米八的大个头儿有受虐症？

　　可马方旭炙热的眼光又让她有点儿动摇，于是，她一招手示意马方旭过来，接着，压低了声音问他："说实话，你真喜欢我？就是想处对象的那种喜欢？"

　　"嗯。"马方旭严肃地、重重地点了一下头。末了，还怕丁恬不信似的，又老老实实地重复了一遍，"实话，我喜欢你。"

　　"那你再怎么喜欢我，也不行。"丁恬笑眯眯地把情书揉进了自己的上衣口袋，"我只喜欢学习，学习使我快乐，使我充实。你呢？你不行。"

　　还没等到张口结舌的马方旭反应过来，丁恬却率先听到背后传来了一阵熟悉的笑声。

　　她狐疑地转过身去，却在彻底看清发声者时愣住了，怎么哪儿都有曲斯年这个人？他是拉长版的土地公公吗？

　　丁恬气结，而且为什么他今天还穿得格外不正经？金丝眼镜呢？白色衬衫呢？一件黑背心搭着一个牛仔外套是怎么回事？难道本专业是化学，就可以背弃他现在是人民教师的身份吗？难道没有看到台球厅里好多女孩子的眼睛都黏在他身上吗？

不正经！丁恬再次在心中唾弃了他一番。

"曲老……"

"换个称呼。"曲斯年把玩着手心里的黑球8，打断了丁恬，"这是在校外。"

"你为什么会在这里？"丁恬朝后稍稍退了一步，她莫名其妙地有些不好意思。

大概是因为和曲斯年靠得太近了。他身上那股不是香水的香味，还有他那件黑色的背心，都让丁恬娃娃头下的那对小耳朵，变得有些烫。明明刚才听情书的时候，都只觉得酸的。

你们反应太慢了。丁恬欲盖弥彰地埋怨了一通她的耳朵。

"难道不是我来问你这个问题？"曲斯年斜拉着嘴角笑了一下，从边上另一个男人手里接过选好的球杆，"身为未成年不仅出入这种半娱乐场所，而且还——"曲斯年停下了给杆头擦巧克的手，打量了眼一直站在丁恬不远处的马方旭，"还在这谈情说爱。"

"我哪有！"丁恬气鼓鼓地瞪着曲斯年，"你明明听到我说的话了，还躲那儿笑我呢。现在装什么大尾巴狼。不正经。"终于说出来了，虽然是以另外一个由头，但丁恬也觉得舒畅。

曲斯年眼里的笑意在此时满得不能再满，于是他十分顺手地揉了揉丁恬的头发。

"好好学习，天天向上。这才乖。"

"喂，你是谁啊？"马方旭有些不能忍了，"把你的手从丁恬头上拿开。她最讨厌别人摸她头了，你没看到她那么矮吗？"

本来还有点儿感动的丁恬，在听完马方旭整句话之后又忍不住白了他一眼。真白痴！

"年轻人火气不要这么大。"曲斯年倒是一点儿也不介意，反而还挑了一支球杆递给马方旭，"还挺早的，打一局？"

"先说好，要是你输了，怎么办？"

马方旭无比挑衅地一杆开球，有一两个球已经滴溜溜地进了洞。

力度还行，手法也不差。

曲斯年笑了笑："随你怎么办，我都可以。"接着，他又朝不知不觉站远了的丁恬招了招手，"我们打球，又不是打架，你躲那么远怕溅血？"

"我怕你输了拿我开刀。"丁恬完全没有发现曲斯年的嘴角已经由上扬变成了一条直线，"真的，马方旭打台球很厉害的，无敌是多么寂寞说的就是……"

"给你。"曲斯年冷着脸，将球杆递给了丁恬，"你打三球，算我的。"

丁恬果断摇头："我不会，你别给我。以前我叔教我教到一半都掏钱给我，求我放过他。”

"算我让你朋友的。你把他说得那么厉害，免得到时候他输得太难看。”

"哈？"丁恬脑子飞速运转了一下，觉得根本就不是曲斯年说的那么回事，"那要是我浪费了你三个球，你最后还赢了，那他岂不是输得更难看？”

一语成谶说的就是丁恬。

果然在她胡乱打了三杆之后，曲斯年还是以绝对的优势，赢了马方旭。

"欺负小孩子算什么本事啊你。"台球厅老板朝着曲斯年所在的方向，往桌子上扔了个打火机和一根烟，"人家都脸上挂不住，直接丢杆子跑了。”

"你就当我幼稚呗。"曲斯年无谓地耸了耸肩，伸着长胳膊将打火机和香烟都拿了过来，但没有下一步的动作，"女孩儿面前不抽烟。”

丁恬还在嘟囔着怎么这声音这么近呢，一抬头差点儿被曲斯年的凝视给吓到腿软。

原来是因为曲斯年刚刚拿烟时的动作。曲斯年侧着身子，牛仔外套和黑色背心直接擦过了丁恬细嫩的胳膊，从后面看，就像是曲斯年将她圈了个半怀。

可是烟也拿完了，怎么他不但没有将姿势调整回去，反而还很自然地将另一只手也撑到桌子上来了？所以现在是，整个人，都被圈在了曲斯年怀里，是吗？

丁恬后知后觉，五官和四肢都在那个狭小的空间里，僵到不能再僵。

"现在几点？"曲斯年挑眉。

丁恬只有一米五九，这种由于过分的身高差所带来的压迫性对视，让她快要变成一只哆嗦的小鹌鹑了。

她看了看曲斯年背后的电子钟："四点，四点……半了。"

"晚自习几点？"原来丁恬有两个发旋儿。难怪头发总乱糟糟的。勉强算可爱。

"七点半。"丁恬大气不敢出。

"很好。"曲斯年又凑近了些，埋着头将嘴送到了丁恬耳边，声音很小，气息却有些灼人，"今晚我坐你们班的晚自习，敢逃课的话……"

"不敢！"丁恬拼命摇头，模样诚恳得就差举手立誓了，"我爱晚自习，晚自习使我快乐！"

曲斯年闷声笑了笑，将手从桌子边缘处给收了回来，顺带地，还从丁恬口袋里掏出了那张皱巴巴的纸。

"这个，没收了。"

"为……为什么？"丁恬好奇，曲斯年拿它干什么？

"想看看后面精彩的部分。"

"你还真有闲情……"

曲斯年离得远了些，于是丁恬的底气也足了许多，但闲情逸致这个词最终还是没有说完，因为她明显地感觉到，曲斯年正拿着一个又硬又小的东西往她头上敲了敲，一点儿都不痛，咚咚的，就像是藏在身体深处的心跳。

曲斯年将一个奇异果味的夹心棒棒糖放到了丁恬背后的台球桌上："别迟到。"

3.反正我最喜欢你

丁恬百无聊赖地趴在课桌上，眼睛滴溜溜地打量着窗外。

嗯，万里无云，秋高气爽，鸟语花香，反正外面什么都是好的——特别是在这种期中考的时候，哪怕外面正当头暴雨，丁恬也能给它夸出一朵花来。

这堂考化学，曲斯年监考。

丁恬很怨念地看着讲台上优哉游哉的曲斯年，一低头，又看到了那张半个方程式都不认识的考卷，顿时更加泄气地将头埋在了臂弯中。不如睡觉，考化学不如睡觉。

"坐起来。"曲斯年忍了很久，还是走下来，用2B铅笔敲了敲丁恬的头，"教导主任在巡逻，你想再被逮进去？"

"那你就再把我拎出来呗。"丁恬好像已经被曲斯年敲惯了头似的没有任何反应，相对于考化学，还不如被教导处带走呢——等等，化学？

丁恬猛然醒悟过来，一双圆眼睛睁得格外大。她兴奋地，但是小心翼翼地指着考卷上的"化学"二字，还没开口求人，就听见曲斯年嘴里吐出了两个字——做梦。

哼，冷血无情。

既然不能睡觉，那就继续看风景。

看了还没两分钟，丁恬就听见自己书包里的手机，非常不嫌事儿大地唱起了歌，还是一首非常没有水平和智慧的儿歌。

在整个考场爆发出笑声的那一瞬间里，丁恬非常后悔为什么自己要把手机给表弟那个熊孩子玩，不对——丁恬后知后觉地反应过来，这是在考试啊！手机响了是等同作弊要被没收的啊！这可是求了爸爸大半个月才买的最新款啊！

来不及了。曲斯年已经一脸冷漠地，走了下来。

"曲老师……"丁恬委屈地哼哼，将手机攥得紧紧的，"我没有作弊。"

"你题目都看不懂，怎么作弊。"曲斯年居高临下地扫了一眼丁恬的考卷，果然，除了名字和班级，卷面上什么也没有。

"那……"丁恬有点儿不确定地抬起了头，"不没收了呀？"

"调成静音。"曲斯年不自然地用手作拳，捂在唇上假意咳嗽了一下，"塞到书包里去。"

可考场还没清静多久，就又有手机唱起了歌——但这回不是丁恬的。

曲斯年走到发声地，朝那个满脸惊慌的男孩子伸出了手。

"交上来。"

"凭什么？"男孩子不服气地嚷嚷，"刚刚那个女生的你不没收，凭什么没收我的？"

声音不算大，却足够传遍整个考场。

丁恬愣愣地看着曲斯年没有进一步动作的背影，突然特别生气，还有点没由来的委屈。

曲斯年也是别人可以怼的？反了天了！

"老师。"丁恬站了起来，一鼓作气将手机摔在了讲台上，"我手机放这儿了。"

说罢，丁恬还觉得不够解气似的，特意从那个男孩子旁边绕回了自己的位置，途中还不忘横一眼那个正目瞪口呆的男孩子："看什么看，你老师喊你交手机。"

"表现不错。"曲斯年在给试卷封袋的途中，抽空看了眼迟迟不走的丁恬，"但手机我是不会还给你的。"

"怎么这样！"丁恬不可置信地瞪大了眼睛，"我那是保护你，你不该给我点儿表示……"

"那你等我一下，很快。"

"啊，干吗？"

"我舍友几个实习期届满回来了，今晚吃饭。带你一块儿去。"

但一推开饭店包厢的门，曲斯年就后悔了。

为什么没有人告诉他，今晚的小聚，还会有路瑶雪等人？又被诈了。

"我们年年校草终于闪亮登场！你说你怎么这么能磨蹭，菜都快……"宿舍长拿着酒瓶子欢快地跑了过来，这时才发现原来曲斯年身后还跟着一个短头发、娃娃脸的小姑娘，"这个是你新欢？不是吧斯年，亏我还把路……"

"闭嘴。"曲斯年脸色不是很好看，"这是我学生，今晚带过来吃个饭而已。"

丁恬有些不自在地坐上了大圆桌。

任她再怎么人来疯，但毕竟这里都是不认识的人，所以她只好安安静静地埋头吃着曲斯年给夹到碗里的菜，边吃边不乐意，不是说"舍友几个"吗？为什么这张桌子上男男女女这么多？敢情曲斯年大学住的是超大鸳鸯寝？淫乱！

路瑶雪同样也很不高兴。

她堂堂舞蹈系系花，今天盛装打扮来找机会求曲斯年复合，可曲斯年的眼神自始至终只落在他身旁那个小女孩儿身上。

一个乳臭未干、连高跟鞋都不会穿的女孩子，凭什么让他这么上心？

　　明明以前在一起的时候，曲斯年都没有带自己赴过他朋友的聚会，而如今……路瑶雪咬了咬唇，端起酒杯，昂首挺胸地朝曲斯年走过去。

　　"阿年。"路瑶雪很满意那个小女孩儿突然变了的脸色，"就要毕业了，我们喝一杯？"

　　曲斯年不经意地蹙了眉："喊我曲斯年就行。"

　　路瑶雪强撑笑脸："对不起，我总忘记我们已经分手了，我以为你只是生我的气……"

　　"行了。"曲斯年下意识地看了眼丁恬，将酒一饮而尽，"我喝完了，你回自己座位吧。"

　　"呀……"路瑶雪佯装没有站稳，整杯酒悉数泼到了曲斯年身上，曲斯年的眉头皱得更深了，没多想地就把外套给脱了下来。

　　丁恬愣住了。

　　或者说，是丁恬在看见曲斯年右手手臂上的文身时，愣住了。

　　是一个精致的唇形，边上有两颗痣，底下还有一行英文：No one can replace u.

　　丁恬就算英文再差，也知道那句话的意思——没有人可以代替你。

　　难怪不管天气有多热，曲斯年也总是穿着长袖或者中袖，原来是因为这个，原来是因为他藏起来的这份……

　　丁恬吸了吸鼻子，她不愿意承认那是曲斯年的深爱和秘密。

　　路瑶雪不慌不忙地对上了丁恬看过来的眼神，精心描绘的红唇，连带着嘴边的两颗痣，扬出了胜利者一般的弧度。

"哎，斯年，你学生跑走了哎，我点的菜这么难吃？"

宿舍长有点儿摸不清状况，那姑娘看起来瘦瘦小小，跑起来却跟一阵风似的。

"路瑶雪。"曲斯年阴沉着脸，一把捞起座位上的丁恬的书包，"适可而止。"

曲斯年刚看到丁恬的背影，就发现她已经上了一辆公交车。

该死。曲斯年只好顺手拦下一辆的士，在的士司机很不解的目光下指着前方那辆公交车，气喘吁吁地说："我要去那辆车的下一站。得比它先到。"

"小伙子你拍电影哪，大晚上的追车？"

"不是的，师傅。"丁恬的书包乖乖地被曲斯年抓在手中，和它的主人一样，散发着一股很淡很甜的奶香，"我不追车，我追人。"

"饭才吃一半，你跑什么跑。"曲斯年靠着丁恬坐下，发现她的眼圈好像有点儿红。

"我吃不下了。"丁恬瘪瘪嘴，从曲斯年手中接过了自己的书包，大概他会追来，还是因为这个书包吧。

"谢谢曲老师给我送……"

"行了。"曲斯年闭着眼，揉了揉发酸的脖子，"我实习期也到了，你可以喊我别的称呼。"

"那……"丁恬傻傻地看着身旁的人，张着嘴，半晌没有说出接下来的话。

实习期到了，那是不是曲斯年，再也不会出现在自己面前了？

"对了，你的手机我也给你塞书包里了。"曲斯年笑笑，"你的铃声真难听。"

丁恬埋着头，两只手紧紧地绞着书包带子。

换作平时，丁恬早就热火朝天地和曲斯年打起了嘴仗，可现在，她不知道为什么就觉得特别难过，比以前家里的狗狗走丢了还难过。

夜风不断，吹乱丁恬头发的同时，还带下了她好多颗滚烫的眼泪。

"我叫曲斯年，男，一米八七，AB 型血，处女座。

"有驾照，会做饭，唱歌不难听，也没什么不良嗜好。

"脾气不算太差，打游戏的时候别直接关我机就行。

"刚刚那个女孩子，是我前女友。分了很久了。

"文身没去除,是因为我预约的文身师那还没排到我。哦，还有……"曲斯年侧着头，抬手摸了摸丁恬乱糟糟的头发，"我知道你喜欢狗，但我喜欢猫，不过也不要紧，反正我最喜欢你。"

"所以，麻烦你，快点儿长大吧。"

4. 好好谈个恋爱

三年后，A 大历史系第一堂公开课。

"金云西。"

"到。"

"潭耀。"

"到。"

"骆之新。"

"到。"

"最后一个。"曲斯年顿了顿，笑着将鼻梁上的金丝眼镜往上推了一两分，"丁恬？"

"到！"

丁恬今天有点儿睡过头了，慌慌张张地叼着面包片跑到教室的时候，正巧听到老师点到了自己的名字。刚刚好，踩点的点名，才叫完美。

"这位同学，你迟到了。"曲斯年将名字表放置一旁，抬眼对上了正傻站在门口挪不动步伐的丁恬，"哦，忘记给同学们做自我介绍了，我叫曲斯年，算你们的半个学长，本校研三，在接下来的很长一段时间里，会是你们这堂课的助教。"

底下的女孩子们都很开心，谁说历史系都是些糟老头了呀，瞧我们助教，多帅，多有气质。

"不过有一点，我要提前说明。因为我比较严格，所以这位一开学就迟到的丁同学，请你下课之后留下来。"

"啊？"丁恬极不情愿，小声嘟囔着，"留下来干吗……还不是你昨晚上给我打电……"

"我有一个憋了三年的恋爱，想跟你好好地、正式地，谈一下。"

东风与乔

我以前叫陶二乔，
就是铜雀春深锁二乔的二乔。

一

陶乔坐在车里盯着窗外的小山坡看了会儿才反应过来，她想抽烟。

从小到大都是这样，只要她预备干点儿什么坏事的时候，就总会有各种因素来打扰，比如现在，她的手明明都已经摸到四四方方的纸盒子了，一直沉默着的手机却突然响了起来。

她皱着眉有点儿泄气地将烟盒子重新扔回包里，快速地将闹钟按掉。

她比备忘录上所设定的时间，早到了十五分钟。

陶乔拿着公文包走了两步之后才发现，地上都是从树枝上落下来的玉兰花瓣，她尖细的鞋跟把其中一片踩出了几道茶渍色的痕印。

应该不疼吧，她挑眉，毕竟春天快到了。

"会见哪个？"

鬓角已经有了些许灰白的民警将电炉子的档调低了一点儿，像是在自言自语又像是在和陶乔说话："这天气也开始回温了，火都有点儿烤不住。"

"杜皓东。"陶乔把律师证和两份委托手续收回包里后，仔细地重复了一遍，"杜皓东，上个月末因为故意伤害进来的杜皓东。"

"哦，那个小伙子啊。"民警点了点头，站起身把外来人员登记表摊在陶乔面前，"那小子下手挺狠的啊。哎，小吴，你去后面把杜皓东喊过来，2号会见室，行吗姑娘？"

"好，哪个都可以。"

陶乔坐在椅子上晃动着手里的一次性塑料杯，她不像平时会见嫌疑人时那么严谨认真，甚至她已经听到了铁门的松动和脚步声了，也懒得抬头。

"新年好啊，陶二乔。"杜皓东的声音中气十足，听起来生机勃勃。

"陶律师你们慢聊啊，控制下时间，完了打电话到前面通知一声，我来带人。"民警交代完就走了。

陶乔的眼神掠过了坐在椅子上的杜皓东，落在民警脸上："好，麻烦你了。"

"过得好吗，陶二乔？"

被强制推了平头的杜皓东看起来仍然很帅气，使他本身就比别人立体很多的五官显得更加硬朗和正派。

正派？陶乔在心里嘲笑了一下自己的形容词，不管是当初念书的杜皓东，还是现在隔着一块玻璃穿着橘色背心的杜皓东，都跟这个褒义词沾不上任何关系。

"你是指毕业后的这几年，"陶乔将事先准备好的材料慢慢放在了桌子上，"还是指这个被你手下的小弟闹得不可开交的春节？"

杜皓东听到反问后爽朗地笑了出来，露出了整排洁白的牙齿："那是因为那帮兔崽子知道除了你以外，我不想听任何律师的屁话。"

他又说了一句："对了，我进来之前好像去过你工作的地方，你们门口那几排树到底是香樟还是银杏？"

陶乔不想再看他这副像是在茶馆和她话家常的闲适姿态，她拧开笔盖子，不带任何感情起伏地问："你把事情再交代一遍，我知道公安局已经问过你好几回了，但我还是得听你再说一次，越详细越好。"

"给根烟我抽。"

陶乔深吸了口气才忍住了撂手不干的冲动："杜皓东同志，请你认真点儿，我作为你的刑事辩护人，正在向你询问至关重要的案情。"

"陶二乔你呀……"杜皓东无奈地耸了耸肩，手指摩挲着自己的下巴，因为这两天起晚了没有时间排队刮胡子，此刻他觉得有些扎人。

"给我一根吧，我知道你包里肯定有烟，以前就是，班上的人都以为你是好学生，就我知道其实你背地里抽烟又厌学……"

陶乔冷着脸，透过那小到可怜的窗口将烟和火机扔了过去。

"牌子还没变呢？"杜皓东吐出连串的烟圈，白色的气体将他的脸熏得有些模糊了，他皱着眉，"我不在乎案情不案情判刑不判刑的，对我来说，根本没差别。"

他轻笑一声："我在乎的是——我把你男朋友揍成了孙子，你不生气吧？"

二

是前男友。

陶乔的手紧紧握着方向盘，差点儿闯了红灯。

"哎，回来啦？开庭顺利吗？"刘姐站在走廊上摆弄着盆栽，看见陶乔提着公文包从一楼走了上来。

"没有，我去看守所会见犯人了。"陶乔的声音听起来很疲惫，眼神落了刘姐手里正拿着的浇水壶上，翠绿翠绿的，像是从里面倒出来的水都带着植物的清香，只是用了太久，边缘都已经开始发白。

"你还真的接了那个案子？"

刘芝兰有些不可置信地停下了手中的动作，疑惑地看着身旁的年轻姑娘。

"对。"陶乔点头，"他的那些小弟来律所闹事你们也都看见了，放假了就堵在我家门口……"

"你以为我相信你会怕那堆流氓地痞？"

陶乔听见刘芝兰叹了一口气。

"小陶啊，你那么聪明能干的姑娘，可不要干出什么糊涂事，杜皓东这个案子放整个市里，谁敢接？谁愿意接？谁愿意为了一个小流氓去对抗郑局长？主任说上头压得有多紧你知道吗？你还年轻，这条路长得很，你不要急着出头，而且郑局长的儿子之前不是你对象吗，小陶，这个做人还是得讲点儿感……"

"刘姐。"陶乔的手将公文包攥得更紧了，"我不是为了给自己揽名声，也不是非要跟以前的人或事过不去。"

她从来都不习惯和别人去解释什么，奶奶还在世的时候总说，我们乔乔的性格啊，太不像个女娃娃了，这样不大好，会吃很多亏。

陶乔站在自己办公室门口将钥匙掏了出来："刘姐，您说得对，做人是得讲感情，所以我才接了杜皓东的案子。"

"名字？"

"杜皓东。"

"杜甫的杜，皓月当空的皓，东南西北的东，是吧？"

"不是，东是'东风不与周郎便'的东。"

"这不是一样？算了，年龄？"

"这明显不一样啊，警察同志，今年二十五。"

"和被害人是什么关系？为什么打人？之前有什么过节吗？把那晚发生的事仔细讲一遍。"

"谁和那孙子有什么关系，没关系跟他，就认识。"

"那你因为什么要去打人？"

"看他不爽呗，还能怎样？"

"当晚除了你还有谁在场？"

"能快点儿问完不，人是很多但动手的就我一个，别找其他人麻烦，我都自首了，警察同志，你们办事能有点儿效率吗？"

"杜皓东，请注意你的态度，配合我们的工作！"

为了办事利索，陶乔总是将指甲修剪得干净妥帖，她的手指头光秃秃的，快速地将复印过来的问话材料翻了个遍。

果然，杜皓东还是那个老样子。

嚣张跋扈、玩世不恭，如果硬要给他塞什么优点的话，除了长得好看，那可能就只剩讲义气了。

很可怕的。

她和这个人认识快二十年了，陶乔任由自己躺进了皮椅里，如果你和一个你从来都不想去接触的异性，在一座不算小的城市里，从小学开始到高中毕业都是同班同学，这可不可怕？

她的目光落在了最后一张 A4 纸上。

好像那台复印机出墨不均似的，杜皓东的身份证复印件被印得很糟糕，除了几行数字清晰，脸部的图像几乎看不出来他本身的模样。

三

郑琛的病房在市人民医院住院部最好的十一楼。

银白色的电梯门像面镜子，照出了陶乔没有表情的脸。

门口的司机陆立国是认识陶乔的，他看着慢慢走过来的陶乔，惊喜地喊了一声"乔小姐"。

"陆伯伯，您好。"

陶乔出于对一个病人最起码的尊重，手上提了新鲜的花束和果篮。

"乔小姐你终于来了，你来了最好了，小琛他啊，死活不吃饭，抱着电脑不肯撒手，要是郑局长来了又得数落我们没有照顾好他。"

陶乔的手指弯曲，敲了敲冰冷的门板。

郑琛熟悉的声音从里面传来，不过可能因为正处于疗伤期，他不像以往被打断游戏时那么暴躁："我说了现在不想吃饭，我游戏没打完，没空。"

"我找你有正事，不管你吃喝拉撒。"

陶乔推开门，径直坐在了床边的空凳子上。

病房里就他一个人，所以他的笔记本电脑正没有任何顾虑地放着外音。

"你来了？"

郑琛的眼珠子从电脑屏幕上移开极快地看了眼陶乔后，立马又进入了他那个虚幻的世界。这么多年相处下来，她知道这已经是他在游戏进行中对来者表现出的最大热情和欢迎。

"Nice！"应该是赢了，郑琛这么喊了一句，然后转过头向着陶乔喜滋滋地炫耀，"我拿了两个五杀，绝对这把的 MVP，厉不厉害？"

"你二十四了，郑琛，我建议你也许可以换个活法。"陶乔扫了一眼他高配置的电脑，"不过也没关系，反正你家里的钱足够让你这么过一世。"

郑琛的眼色沉了下去，仿佛刚刚游戏里的胜利所带来的快感，在这个瞬间已经烟消云散。他吸了一鼻子的消毒水味道："你一定要这么和我说话吗？"

"是你屡教不改。"

"算了，不吵。"郑琛笑了笑，冲着门外喊人，"陆伯伯，我饿了，要吃饭。"

郑琛拿着汤匙舀了一勺清淡的白粥，苦着脸："你说杜皓东真是，非得给我肚子上也捅一刀，我爸怕伤口发炎愈合慢，最近一定要忌口，忌得我简直都要失去味觉了。"

陶乔看了眼他打了石膏的脖颈和右腿，语气有种难得的轻松："其实你应该感谢他没有剁你的手，不然你怎么打游戏？"

"喂，你这是和男朋友说话的态度吗？"

"是前男友。"陶乔明显不愿公私混谈再继续这个话题，她的手探进包里想掏出昨晚做好的谅解书，"这是我今天……"

"郑局长好，小琛啊，郑局长来了。"

陆立国的声音透过没有被完全关上的窗户清晰地传来，陶乔一愣，没想到运气这么"好"，踩这点上了。

她手一松，已经握在手里的谅解书又重新坠入了公文包的黑暗里，因为她知道，那句"郑局长来了"，是陆立国喊给她听的。

陶乔站起身，很有礼貌地点头致意："郑局长好。"

其实在她知道那件事之前，她一直喊对面的这位男人郑伯伯，也真心实意地感激过他对自己的不嫌弃以及家庭的帮助。

"啊，小乔来了啊，你好你好。"郑克谦点点头，望着正在喝粥的儿子一脸慈爱，"怎么样，恢复得还好吗？"

郑琛硬逼着自己喝完了半碗粥，如释重负地把保温盒扔在了床头柜上："还成吧，就是伙食太垃圾了。"

"你这孩子真是，小乔还在这儿，你就说话没个样子。"

陶乔看了看自己的脚尖，外面在下雨，黑色的高跟鞋上溅了点儿黄色的泥土，她沉默地听着郑克谦教训郑琛，脸上始终带着客套的微笑。

郑克谦话里的意思，那么明显。

他现在已经不把她当成家里的晚辈在看待了，或者从头到尾，他都只把她当作一个可怜的外人在施舍。

"小乔今天是来……"

"是的，郑局长，我是杜皓东的辩护律师，今天带着谅解书来探望被害人以及被害人的家属，希望你们能原谅我的当事人，达成和解。"

四

"当年的事小琛他是不知道的。"郑克谦坐在车里，望着窗外不断加大的雨势，语气还算和善。

"别说他了，我也是前阵子才知道，何况您一直将他呵护得那么好，这么多年来他只崇拜您，这样的事，他怎么会知道？"

陶乔言下之意的讽刺在狭小的空间内格外明显。

"小乔啊，我还是觉得我欠了你们家一个正式的道歉，我对不……"

"没有的事，您没有对不起我，我还好好地活在这里，我们主任愿意带着我，也是因为他以为我是您未来的儿媳妇。您也没有对不起我们家，我们家现在的房子还是您当年偷着送来的十万块买的，我那个不争气的弟弟能有一份光拿钱不做事的工作也是您出面给安排的。我爸说了，您是我家的恩人。"陶乔停顿了一下，"您只是对不起一个已经死了的人罢了，可她死了十几年了，所以没法回应您现在的对不起。"

陶乔已经不记得有多久没有吃过煎饼之类的街边小摊了，因为她无法直视面饼在油锅里卷起来翻滚的样子，这让她觉得战栗和恶心。

油锅里滋滋冒着热气的油像瞬间迸出的鲜血，沾着葱花和面疙瘩的铁饭铲像加速的汽车，那倒霉被扔在正中心备受煎熬的面粉，像她的妈妈。

"您可能不知道，我妈妈是个很悲惨的人。

　　"我爸妈是奶奶的包办婚姻，我爸压根儿就不爱我妈，也极度重男轻女，我生下来的时候我爸听说是个女孩子，立马甩手回了麻将馆。我也不叫陶乔，我以前叫陶二乔，就是'铜雀春深锁二乔'的二乔，因为我妈妈没什么文化，病房里的电视那天正好放到了《赤壁之战》，她就给我取了这么个名字。

　　"我小时候的脾气特别差，也很讨厌自己的名字，每天闹着要改名，说什么也要把'二'字去掉，我妈就说只要我小学升初中的时候考第一名就带我去改名字，我当然考到了，就是那天，就是那天。

　　"我们改完名字回来那天，她说她要去对面给我买两个棒棒糖，然后我也不知道怎么回事，她就莫名其妙飞到了半空中，摔在地上滚了好几个圈，血一直流到了十字路口。

　　"您肯定是不知道的，因为您的车正加着速带您赶往您的升职报告会，您肯定没有回头看我妈妈一眼。

　　"看了您就知道了，她真的很像一个倒霉的煎饼。"

　　"陶乔。"不知不觉中，郑克谦喊了她的全名，"是我对不起你妈妈，可是我当年真的没有办法，我兢兢业业地准备了那么久才可以去到达那个高度，我不能出任何负面的事情，我也很自责和后悔……"

　　"不，不是的，我不是这么个意思。"陶乔摇摇头，"我要表达的不是这么个意思，我只是很困惑，为什么一沓钱、一套半成新的房子、一份轻松的好工作，就可以欺负人了？为什么您可以一夜之间让那个路段所有的监控都出现问题？为什么您可以让警察来我家劝我所有的家长息事宁人？为什么我那时候明明已经十二岁了，却连符合自己行为能力的作证资格都被否决掉了？为什么这个世界要这么仗势欺人？为什么它都不容许一个已经活得很悲惨的女人，死的时候稍微有那么一点儿尊严？"

陶乔将脸别过去，抹了一手背的眼泪。

"所以你要跟小琛分手，还要接杜皓东的案子跟我对着干吗？"

"不，您想多了。"陶乔干脆得不像是在说谎，"一码归一码，我和郑琛是我们两个之间的问题，在知道这件事之前我就跟他提出了分手。至于杜皓东，他虽然是个混混，但他绝对不会成心去伤害谁。"

他是个好人，陶乔笃定，而且他保护过我。

郑克谦叹了一口气："背着人命的感受并不好，陶乔，我已经尽我所能去弥补你们了。我也有我的底线和禁区，杜皓东把我儿子伤得那么重，我绝不会手软，哪怕是你给他做辩护，那份谅解书，我不可能签。"

五

"陶二乔，你怎么比上次来看我的时候瘦了？"

杜皓东知道她升了初中之后就改名为陶乔，但没办法，他改不掉。

他以前还翻出了外公那本被他撕成一页页折纸飞机的古诗词集，非要外公找出《赤壁》那首词，他指着那个"东"字问，我就是这个"东"吗？

外公推了推老花眼镜点头，对呀，你就是这个"东"字。

从此之后，杜皓东向别人介绍自己总会说，我的那个"东"字，就是"东风不与周郎便"那个"东"字，别问我什么意思，老子又不读书，怎么知道是什么意思。

我只知道我和那个陶二乔的名字，在同一首古诗词里。

这就够了。

他暗恋陶二乔，很久了。

久到他都快忘记到底有多少个年头了。

"检察院的起诉书你收到了吧，看了吗？"

"没看。"杜皓东很诚实，"文绉绉的，不知道在说些什么玩意儿。"

意料之中地，他看见陶乔的眉头轻轻蹙出了褶皱。

就像以前小学为了引起她的注意，他故意扯掉她粉红色的头绳时，她会皱眉头。

或者初中他想要帅每次打架都让身为班长的她去教务处签字时，她会皱眉头。

高中？

高中没了，她被郑琛那孙子追到手了。

但我不是因为这个才打郑琛的，别误会，我可不是那么没品的男人，更何况离高中毕业这都几年了？我做惯了大哥的人怎么可能这么能忍？

只是觉得她跟着郑琛会过得更好吧。

毕竟我只能在她被公车色狼欺负的时候打破那个人的头，而郑琛可以开着私家车上下学全程接送她。

"陶二乔，有没有人和你说过你皱眉头的样子，真的好丑啊！"

"我没有给你拿到郑琛的谅解书。"陶乔揉了揉太阳穴，"他被鉴定为轻伤二级，按道理是处三年以下有期徒刑，但你本身就有聚众斗殴、毁坏公私财物的前科，而且，杜皓东，你怎么没告诉我你打人之前喝了酒还开了车？"

"那群王八羔子怎么什么都告诉你！"杜皓东生气地喊了出来，"看我出去不骂死他们，吃我的喝我的还说我坏话？反了他们了！"

"杜皓东，我是你的律师，这些东西是我必须要知道，但你不配合我，导致我只能去别处搜集资料。"

杜皓东有些心虚地吞了口口水："那……你，知道我为什么要打人了吗？"

"你不是喝多了酒，然后看郑琛不惯吗？"陶乔点亮了手机屏幕，收拾东西准备走人，"下个周三开庭，我尽量，尽量给你争取到缓刑。"

"哎，陶二乔。"

杜皓东望着陶乔瘦削的背影，喊住了她。

"我知道郑家那个老头子在搞鬼，你别太大压力，不就三年牢，我就当换个地方当大哥，没差别。"

"这不是开玩笑，杜皓东，看守所和监狱不同，你现在是未决犯，还只是个嫌疑人，到了监狱以后你就成了真正的犯人，三年，你以为是三天吗？你家人朋友谁管？犯罪记录是要跟着你一辈子的你懂不懂？"

杜皓东对突然有点儿不一样的陶乔不大习惯，他摸了摸后脑勺儿，那里的头发已经长出来挺多的了。

"那成那成，别生气啊你，你说了算，你是老大你说了算，你怎么开心怎么来。"

六

陶乔一觉起来才发现有郑琛的未接来电和短信。

"我要出院了，你不来祝贺下我吗，我等会儿就要去美国了。"时间是三小时之前。

陶乔有点儿蒙，回拨过去却提示用户已关机。

陶乔也不知道郑琛现在是不是已经离开医院了，或者是已经离开中国了，她随便梳了把头发拿了钥匙就去了车库。

当陶乔没有选择去机场而是将车开到医院时，她想，在一起这么多年果然还是有点儿默契的。

郑琛换下病号服坐在轮椅上，悠闲地和几个护士在聊天，身旁的陆立国倒是一脸急色地望向远处，直到他看见了陶乔。

"你能坐飞机吗？你的伤还没好。"陶乔开门见山，根本没有埋会郑琛给她递过来的苹果。

"没事的啊，你放心，这是你上次买的苹果，挺甜的。"

"你突然去美国干什么，这么急？"

"游戏比赛啊。"郑琛说得无比真诚，从兜里掏出了一张宣传单，
"喏，你看，我在这里。"

郑琛的头像在五个人中间，写着队长，边上还画着一小块中国国旗。

"你是队长？"陶乔惊讶，她以为像郑琛这样孩子气的公子哥儿是
干不来这种事的，哪怕只是一个游戏队伍里的领导者。

"是啊。"郑琛望着陶乔垂下来的睫毛，语气里像是带了很深沉的
乡愁，"我一直都是啊，可你都只是关心我的挂科和逃课。"

"比赛顺利。"陶乔伸出手。

"谢谢。"郑琛握住了那只他无比熟悉的右手，一用力就把陶乔揽
入了怀里，"不是因为我爸的事我才故意接近你对你好，我以前是真的
喜欢你。"他说得很小声，贴着陶乔的耳朵。

"我知道，但你更爱游戏。"陶乔回得滴水不漏。

你不知道的，陶乔。我以前是很喜欢你，现在可能……可能也还是
很喜欢你。

还有，我没有更爱游戏，我游戏 ID 都是"喜欢乔乔太好了"。

郑琛不好意思地笑了笑和她道别，从口袋里掏出一张折好的纸。

"我的谅解书，我背着我爸搞来的你可别丢了，我不知道什么时候
回国，想了想没什么能送你的道别礼物，就这个吧，我满十八了，是完
全行为能力人，可以自己签的。"

陶乔的手指摩挲着纸张的边缘："你还知道完全行为能力人。"

"当然。"郑琛在阳光下笑得露出了虎牙，"我大一陪你上过这个课的，明天开庭加油啊，好奇怪啊，明明受害人是我，我却还要你去给打我的人辩护加油……"

这场官司有了谅解书就容易打多了。

最终杜皓东被判处有期徒刑两年，缓刑三年。

七

杜皓东出去的那天，阳光特别好。

他站在看守所的阶梯口晒着太阳，他觉得，夏天已经到了。

"上车。"

"嘿，陶老大接我出狱。"杜皓东笑嘻嘻地打开了车门坐进了副驾驶。

陶乔没有说话，递给他几片绿油油的柚子叶。

"去去晦气。"

杜皓东一听就咧开了嘴笑出声："你还信这个啊？"

"对了，陶律师，你都让我不用坐牢了，律师费该给多少？"

"不是不坐牢，是这三年你不犯事才可以不坐牢。"陶乔纠正，将车驶进了市里，"而且，我只是为还你一个人情，不是钱的事。"

"你欠了我什么人情？你该不会还记得高中时候你在公交车上被

人……"

陶乔的眼风扫了过去，杜皓东立马闭了嘴。

"可能是你以为郑琛出轨然后为我抱不平的人情吧？"

"我靠，那群人嘴上都他妈不带把的？"

"杜皓东，车上带刀的习惯很不好，你以后得改了。"

"那怎么行？我可是大哥，车上都没把刀说出去多丢人？"

陶乔踩了离合器，等着红灯过去。

"你改，还是不改？"

"必须马上等会儿就改。"杜皓东举双手保证，"那你就为了还我这个人情？犯不着，我就是喝多了那晚你可别……"

"不是。"

陶乔干脆地打断了他。

"是为了还你高中时以为我只抽云烟的情，我想换个口味都不行，每次放学我去街边的杂货店只能买到那种烟，后来发现是你和老板说无论如何都要给我留着云烟。

"杜皓东，我是个很怕改变的人，如果外界没有极大的诱惑或者变化促使我去改变，我就会一直按着老路子走，我每次都想鼓起勇气试试别的口味，老板总和我说，你的云烟还有呢。"

杜皓东沉默着不知道该说什么，正当他觉得陶乔是不是在拐弯抹角骂他的时候，就又听到她的声音："杜皓东，我想改名。"

"啊？"

"改成'铜雀春深锁二乔'的二乔，你觉得怎么样，'东风不与周郎便'的杜皓东？"

愿你
此去平安

＼

去吧，但愿你一路都平安。桥都坚固，隧道都光明。

1. 日子总是无聊，偶尔精彩

北京时间六月八日，二十三点四十七分。

在无数镜头和闪光灯的期待下，当晚最有分量的"最佳男主角"奖项，终于掀开面纱——许冬至。

毫无悬念，但又实在令人咂舌。

许冬至的表情拿捏得很好，精致的脸上没有过多的波澜，但眼里的惊讶却暗暗地一闪而过，接着，嘴角的笑意才浮出水面，最后，对着非主机镜头递过去一个稍显害羞和开心的眼神。

这样的他，很符合公司策划书上和粉丝心目中的定位，一切恰到好处，丝毫不差，完全担得起刚刚到手的影帝之称。

"拿到这个奖，我真的很荣幸。"

许冬至捧着在镁光灯下过分耀眼的奖杯，逼着自己在看向二号主机镜头时眼里涌出一些泪光。一个还不到二十四岁的非科班出身演员，却能在众多前辈都提名的情况下杀出重围，应该——或者说，必须得诚惶诚恐一些。然而在镜头面前，最直观，也最具有说服力的表现就是眼泪。还好，哭戏向来不会难倒许冬至。

"需要感谢的人太多了，我的公司、我的粉丝、我的家人朋友、我的前辈们，还有让我出演《火车》这部电影的导演以及制片人，谢谢你们的支持。往后的日子，我也会继续加油。"

庆功宴这样的场合，许冬至向来都是能免则免。

但今晚毕竟庆的是他自己的功，众多前辈也会客套地过来露露脸，说不定还有通过各种关系混进来的主流媒体，要是这时候再溜走，明天的头条必定是自己无故缺席耍大牌，拿了奖就不把别人放眼里之类的，那么自己的助理和经纪人，大概会被公司高层骂到哭都哭不出吧。

算了，不就喝喝酒，笑一笑，装成气氛很好的样子聊聊天。

反正这些事，自己都干了好多年了，不差这一晚。

其实最主要的是许冬至很怕，他很怕因为自己的任性，再连累到别人。

"前辈怎么站在阳台上吹凉风呀？"

和许冬至一个剧组的女演员偷着出来抽烟时，看见了站在乳白色栏杆边上的许冬至，背部清瘦，一身黑色的西装，感觉快要融进夜色中。

"要是感冒了，你的粉丝们肯定得伤心死了。"

"一会儿他们肯定得灌我酒，所以先出来透透气。"

许冬至笑了笑，其实他已经不记得对面这个女孩子的名字了，只记得她是个非常新的新人，在《火车》里扮演女四。

"那我离前辈远一些，免得烟熏着了你。"

"小心点儿。"许冬至的眼神无意识地放空到了对面的街道上，那里是另一家酒吧，"这里四处都是记者。女演员抽烟，被拍到了影响不好。"

"可谁还不知道女演员们都抽烟呢？"她看起来很困惑。

"那不算。被拍到了才算。"

"哈哈哈！"女演员欢快地笑着，朝许冬至比了一个大拇指，"前辈不愧是史上最年轻的影帝！"

"我再也不用写作业写到两三点了！"

"我终于可以光明正大地谈恋爱打游戏逛街出去玩儿了！"

"我这辈子总算是和英语课分手了！哦，还有数学！"

"就算考不上大学，老子也绝对不复读了！"

"高考万岁！万岁！万万岁！"

"瞧他们乐得跟什么似的。"女演员指着对面那家酒吧,那里涌出一波刚考完高考的学生,"苦日子在后头呢。前辈,你高考完也这么无知地开心过吗?"

"不知道。我没有高考过。"

"啊,是哦。"女演员眯着眼吸了一口烟,"差点儿都忘了前辈是偶像男团出身了。还在高中就大红大紫的人,哪还需要知识去改变命运啊。"

许冬至没有接话,他只是静静地看着那群学生被月色和路灯拉长的影子。

他没有参加高考,沈昀也没有。

2. 感觉你来到,是风都呼啸

偶像男团。

这在许冬至心中,已经是上辈子的事情了。

如果一切都回到原点,那么那年的许冬至才十四岁,念初三,一个未出道的练习生。

那天很热,刚剪完头发的许冬至被带到了公司。

"累死我了。"带着许冬至的星探,一推开舞蹈室的门就整个靠着墙滑坐了下去,末了,还不忘招手示意舞蹈老师过来一趟,"终于被我劝来了。"

反戴着鸭舌帽的舞蹈老师笑了笑，扫了眼傻站在星探旁，手足无措的许冬至，问道："这就是你上星期在人民路追了三条街的孩子？"

"可不是嘛。"星探扬扬得意，"瞧瞧这惊为天人的脸，以后不红我就跟你姓。"

"得了吧，哪个孩子你不是这么说的？"

话虽如此，但舞蹈老师还是仔细打量了一番许冬至："还不错。但现在年纪还小，脸形和五官还没定型，脚挺大的，看样子能长得高，不过太高了恐怕跳舞协调性跟不上……"

"有完没完？"星探不耐烦地爬了起来，将许冬至往舞蹈老师那边一推，"反正孩子我给你了，别辜负我这五天的努力！"

许冬至没有任何舞蹈基础，站在动作整齐划一的队伍末尾，就像是一个发条坏掉了的娃娃，做什么动作都很难看。

"哎，你咋不好好跳？你叫啥？"离许冬至最近的一个男孩子，压低了嗓子问他。

"许冬至。我……我不会跳舞。"许冬至有些不好意思，完全不认识的人、四面都是镜子的舞蹈教室，还有此时正炸在耳边的流行音乐，这一切都让他四肢僵硬。

"哦，这样啊。也没事，多练练，下周末你再来的时候肯定就有你专门的课表了。"

刚才星探光哥的话他听到了几句，追了三条街、游说了五天，才得以拿下的练习生，一定不仅仅只拥有着惊为天人的脸这么简单。

　　毕竟全公司那么多练习生，哪个不是好看到可以直接拉出去拍杂志封面？

　　男孩子不以为然地耸耸肩，如果不会跳舞，那估计和自己一样是唱歌出挑吧："对了，我叫何致霖，你哪个学校……"

　　"何致霖，你又在后面划水，还影响新同学！"

　　舞蹈老师一声怒吼，打断了两个小少年的低声交谈，他走了下来，把许冬至往前面拉了一把："许冬至，你站到最前面去，先跟着音乐踩点子，找找韵律的感觉。就站沈昀边上，他跳舞最好，能帮帮你。"

　　"嗯，好的。"许冬至点点头，走了没几步才发现他根本不认识老师口中的沈昀。

　　他转头想去求救一下刚刚认识的何致霖，可何致霖现在正被舞蹈老师揪着耳朵训话，根本无暇顾及其他。

　　怎么办？

　　许冬至紧张得手心都出了汗。

　　第一排的人那么多，到底谁才是那个舞蹈最好的沈昀？

　　"这里。"

　　站在第一排正中间的男孩子很随意地举了举手。

　　单眼皮，肤色比其他人要黑一些，个子也要高一些，穿着背心露出的胳膊线条，好像比舞蹈老师的还要流畅好看。

"你到我这儿来。"

善解人意，救人于水火中。
这是许冬至对沈昀的第一印象。

也就是在那一刻。
许冬至突然能够分辨得出，那些不断从门缝里吹进来的风中，到底
有些什么东西了。
有走廊上的空调冷气、树荫里的蝉鸣、冰镇的汽水，还有盛夏金灿
灿的阳光和绿油油的草地。
"不用那么紧张。"
沈昀没有再回头去看何致霖的惨状，只自顾自地在原地放松着肌肉，
还顺手抹了一把藏在刘海儿下的汗水。好像刚刚的回眸，不过是为了接
应一下许冬至。

闹剧结束，强烈的鼓点声又在耳边响起，一切恢复如初。
但在同时，许冬至又听见了沈昀的声音，有些低沉，于是许冬至猜
测，沈昀应该比自己大。
"我跳慢一点儿，你大概跟着我就行。"
"好。"许冬至迟缓地，但是重重地点了一下头。

温柔，人特别好。

这是许冬至对沈昀的第二印象。

"哎，许冬至，原来你既不会跳舞，也不会唱歌啊？"声乐课上，何致霖揉了揉耳朵，又小声地找上了角落里的许冬至。

"我什么时候说过我会唱歌了……"许冬至很无辜，他也不是很喜欢自己的声音。

"那你既不会唱歌又不会跳舞，光哥还签你签得那么辛苦？为什么？"

"长得好看啊，这还不够吗？"沈昀给何致霖递去一张谱子，向来没什么表情的脸又投向了许冬至，他朝他招了招手，"别站太远了，听不清琴声的。"

温柔，人特别特别好。
这是许冬至对沈昀的第三印象。

3. 曾经发誓要做了不起的人

沈昀没有说错。
长得好看，这就够了。
哪怕训练了一年，许冬至仍旧跳不好舞、唱不好歌，但光凭着在公司自制综艺里露的那几回面，就已经足够让他成为炙手可热的预备役出道成员了。

走在大街上也开始会有人拉着要签名、要合照,不论是在公司、家里、还是学校,也总是能收到一满怀的礼物。许冬至多多少少有些受宠若惊,明明自己就和何致霖说的一样,除了对着镜头傻笑之外,什么都不会。

但就是这样的我,也配得到这么多爱护和关注吗?高一生许冬至很困惑,但碍于青春期涨到发酸的自尊心,这些话他不想和别人说。除了沈昀。

"嘿,这里又没有摄像头,你装忧郁给谁看?"

何致霖打了一个响指,潇洒地将书包扔到沙发上:"声乐课你居然第一个来,老师会感动哭的。"

许冬至被暖气吹得有点儿蒙:"我提前从学校小门跑出来的,外面等我的粉丝太多了。"

"有粉丝难道不好?"何致霖眨眨眼,"要不是她们对你疯狂的爱,你怎么出道啊?你瞧瞧比你先进来的哥哥们,好多都是因为人气低看不到出道希望,才卷铺盖回家的。"

"我不是这个意思,我就是……"

许冬至声音越来越小,到最后也说不出他到底在别扭什么,被粉丝喜欢明明是一件怎么看都不算坏的事情——唉,要是沈昀在就好了。他那么聪明,一定知道这是为什么。

说沈昀,沈昀就到了。

男孩子的身高总是在高中三年里拔节,不过才一年,许冬至觉得沈昀起码长了八厘米。

"师兄们回来了，就在七楼休息室，你们要不要去看看？"

"去去去！"何致霖是师兄们的粉丝，完全就是因为师兄们的号召力才签了这个公司当练习生，"正好我今天穿了我最帅的一件外套！"

"早点儿回来。"沈昀好脾气地朝着何致霖飞奔而去的背影叮嘱道，转而又将眼神给收了回来，"你呢，许冬至，不去看看？"

"不去。"许冬至摇摇头。到现在还雷打不动叫他全名的人，全公司就只有沈昀一个了。

"为什么？"

"懒得跑。七楼到十八楼，好远。"

沈昀笑笑："懒死你得了。"

"然后你就可以光明正大地撂下我们这一批，专心带着小练习生跳舞了。"

"说什么呢。"沈昀的指尖挑了挑许冬至额前的碎刘海儿，"头发该剪了。还有，明天晚上去湖边拍外景节目，记得带几个暖宝宝。"

"哎，沈昀。"

拍完节目后，许冬至和沈昀二人并排躺在湖边的草地上。

"你也是和何致霖一样，因为师兄们很红才进这个公司的吗？"

"不是。"沈昀枕着自己的手臂，冬天的星星很少，但不妨碍他此时的好心情，不用对着镜头一个劲地说话和傻笑实在让他太轻松了，"我进来的时候，师兄们还没有正式出道呢。"

　　原来沈昀进公司那么早？那为什么没有和师兄们一块儿组团出道？他稍稍别过头，看着身旁人棱角分明却不失柔和的侧脸，为什么呢？

　　明明身高、长相、舞蹈、嗓音、性格魅力，都是一等一的出挑，而且在众多练习生中，沈昀的人气一直是最高的，那是为什么——许冬至差点儿就将这个疑惑脱口而出了，可还是生生地憋了回去。他怕踩到让沈昀伤心的地方。

　　"我那时候来公司的目的只有一个，就是冲掉我爷爷周末教我画国画的打算。"沈昀笑笑，他知道许冬至在想什么，带过的那么多弟弟中，就只有许冬至最爱想东想西，"那么你呢？为了出道？为了和师兄们一样红？"

　　"不是。"

　　虽然闭着眼睛，但沈昀还是知道许冬至现在的表情，一定是有些不好意思的。

　　"不对，也有这个原因。因为我家里情况不好，又还有一个姐姐，都什么年代了我家还有点儿重男轻女，我怕到时候不让我姐上大学，怎么能让女孩子吃苦呢，你说是吧？反正来这里训练用的是周末，也不用交钱，每个月有补助，说不定红了我就能养家……"

　　"许冬至。"沈昀轻轻睁开了眼睛，"你很了不起。"
　　"这哪有什么……"

"所以你别乱想了。你得到再多的爱，也不过分。"

"那你呢？"许冬至知道自己问得莫名其妙，但他也知道沈昀知道自己在问什么。

"知道了。"沈昀坐了起来，单手揉了揉许冬至的头，"会和你一块儿出道的。"

4. 少年维特的烦恼

许冬至又接了几个大热资源，有广告代言，也有电视剧电影。

这对于一个还未出道的高二练习生来说，是非常了不起的事情。

同时，为了不过分耽误学习，他不得不变成一个空中小飞人，但他之前没有坐过飞机，所以在第一次去机场的路上，他还特别紧张地背着助理姐姐给沈昀发了条信息。

——我该怎么办？我从来没有坐过飞机。

——保持微笑就行。

既像哥哥朋友，又像老师长辈，总之，许冬至那会儿特别依赖沈昀。

"花花姐，你脸色怎么这么难看？"

坐在候机室里的许冬至一脸懵懂地望着助理姐姐，尖细的下巴戳在刚刚粉丝送的巨大玩偶上，有一下没一下地蹭着玩。

"马上就要登机回公司啦，你不开心吗？还是发生什么了？"他问。

"没，没……发生什么，快，你把礼物收一收，咱们走了。"助理边笑边把还亮着的手机屏幕往自己包里塞，但由于太过慌张，手机整个从包的边缘滑出，"啪"的一声掉在了地上。

"哎呀，花花姐，你怎么连个手机……"

许冬至赶紧放下手中的东西去帮助理捡手机，但在无意中看到屏幕的那一刻，整个人都僵在了原地——他好久，没有这么僵硬过了。

是一张照片。

就是上次拍完外景他和沈昀躺在湖边聊天的照片。

至于是谁照的，又是怎么到了网上大肆传播的，这些都不要紧，要紧的，是底下的评论。

——沈昀怎么还和许冬至玩这么好啊，这孩子是不是缺心眼儿啊？

——哪里是我们昀昀缺心眼儿，摆明了是他边上那位太有心计了好吗。

——就是，年纪轻轻的，怎么就已经开始抢资源了？风头这么盛？是不是打算明天就出道？

——要真是靠着自己拿资源就算了，问题是那些资源本来都是我们家沈昀的好吗。

——许冬至不就是看中了练习生中沈昀人气最高吗？表面装兄弟，实则暗地里踩他上位？

"冬至啊。"助理有些慌了，"你别多想，公众人物就是这样的，有褒有贬，你有争议才……"

许冬至没有说话，他一直保持着蹲在地上捡手机的姿势。

他很冷，牙齿和骨头都在身体里发着抖，但同时他的衬衫又已经彻底被汗打湿。

其实这不是第一次看到关于自己的负面评论，但唯独这次，让他连站起来的力气都没有了。

过了好一会儿，许冬至才苍白着唇，挤出半分笑意："花花姐，我们坐下一班飞机好吗，我暂时没办法面对候机室外的粉丝们。"

没办法面对粉丝和镜头。

还有，没办法面对沈昀。

许冬至回到公司的第一件事，就是去了练习生部门的总负责人办公室。

"谁？"负责人是个中年男子，门猛然被推开让他很不舒服，但一抬头看到是许冬至，怒气稍微平了一些，毕竟他是练习生中的摇钱树之一，"你啊。怎么出去了几天，连礼貌都忘了？"

"我接的那些资源，是不是都是沈昀的？"许冬至开门见山。

"什么东西？"

"我说我现在拍的广告和戏，是不是本来都是找的沈昀？"

"你问这个干什么？"负责人觉得许冬至莫名其妙，看来青春期的孩子的确有些难管教，"公司给你安排什么，你就去……"

"电视剧和电影的戏份还有很多没拍完，你们让沈昀去，我不去了。"

"许冬至你胡闹什么？这哪里轮得到你做主？"

"可是再怎么样我也不能抢本来是归沈昀的东西！"许冬至还是没有控制住，吼了出来。

负责人冷笑了一声，不屑道："在娱乐圈谁不是削尖了脑袋往上爬？你在这儿给我摆一出兄弟情深还是兄友弟恭？许冬至我劝你老老实实服从安排，别在这准备出道的关键节骨眼上闹脾气，还没出名呢，就开始跟公司公然叫板，反了你了？"

许冬至沉默了，但眼圈却红得越来越厉害。

见状，负责人的态度也好了一点儿。

"我跟你说实话，这资源不到最后一秒，就还真说不准是谁的。你这次的广告和电影，的确一开始定的沈昀，最后换成你，投资方和公司也经过了一番慎重考虑。行了，你去补个妆做个头发，等会儿还要拍团体节目，收敛一下情绪，和沈昀亲密点儿，观众啊，就买你们这个账。"

许冬至忍着两泡眼泪和满心屈辱出了门，在走廊拐角处被沈昀一把拉进了洗手间。

"我刚都听……"沈昀偶尔嘴会有些笨，"算了。总之，你不该那么和负责人说话。"

"可我不想抢你的……"许冬至不敢抬头看沈昀，于是两大颗眼泪就这么掉在了瓷砖上。

"粉丝说的我也看到了，你别放在心上，反正我也不靠那两个资源活，给你了更好，反正……"

"反正什么？"许冬至提了一口气，直直地看向眼前人，好像步入高三之后，沈昀就更瘦了，"给我了更好？沈昀，你的意思是，反正我想着出道赚钱想着红，所以这些你不稀罕的东西给了我反而更好，是这个意思吗？"

5. 当我和世界初相见，但你永远是少年

许冬至很久都没有来公司训练了。

甚至连身为校友的何致霖在学校里也找不见许冬至的人。

"沈昀，你说冬冬能去哪儿啊？公司学校家里都没人，手机也不接。"何致霖满脸忧愁地躺在舞蹈教室的木地板上，"该不会回到天上去了吧？我就说长那么好看的人不是凡人嘛！"

沈昀沉默着站了起来，镜子里的他满身的汗，手脚都酸痛得厉害，脸上却没什么表情。

既然这三个地方都没有，那么唯一有可能的，就是许冬至以前和他说过的外婆家了。

果然，在那个离市区足足有三小时车程的村落里，沈昀看到了许冬至。

或者说，是看到了那样的许冬至。

没有做发型，没有穿潮牌，也没有化妆。

头发软趴趴的，脸上很干净，身上的衣服有好几处都已经起了球，此时正围着一个不太合身的围兜，满院子追着一只鸡跑，又闹又叫。

哪里有半点儿少年偶像的样子。

"沈昀？"

许冬至像是一点儿也不惊讶沈昀此时的出现，同时，他好像也忘记了上次两人闹得不愉快。他只是乐呵呵地朝篱笆外的人招招手："快进来帮我抓鸡啊，我都抓了半小时了，抓到了今晚请你喝鸡汤。那可是我的拿手好菜。"

一顿饭吃下来，天色已经彻底暗了。

"好吃。"沈昀很诚实地放下了碗，他已经添了三碗饭了。

平时为了练舞和腹肌，他一般都保持着不饱腹的状态。

"啧！"许冬至推了一杯热茶过去，"你是猪吗？吃这么多，看你明天还能不能跳得动。"

"许冬至。"见许冬至已经先开口了，沈昀也没必要再遮掩什么，"你为什么不回去？最近公司在筹划新的团体出道，你肯定是核心成员，你这样闹他们难免……"

"不出道也没关系啊。"许冬至瘪瘪嘴，"死不了人。我在这种种地喂喂鸡也很好。"

"你开什么玩笑……"

　　"没有。沈昀，我没有在开玩笑。"许冬至很认真地眨了眨眼，"这几天我在这里觉得特别舒服。真的。因为不管在自己家还是在公司，或者是学校，都有好多粉丝好多人，他们都巴巴地围着我看着我，我觉得特别难受、特别憋，只想逃。本来都很熟悉的环境，突然就变得很陌生，夸张一点儿说，就像是本来供我生存的世界突然换了一番全新的面貌，水不是水，氧气不是氧气，陆地也不是陆地了。沈昀，你能懂这种感受吗？"

　　接着，许冬至又笑着叹了口气："我实在是没辙了，所以就逃到了我外婆家，还好她老人家什么也没问。"

　　沈昀沉默了半晌才开口："你长大了，许冬至。"

　　"去你的。我和你说正经的，你给我煽什么情。"许冬至别过头，眼眶却湿了。

　　"你做的饭真的挺好吃的。"沈昀故意扯开话题。

　　"当然，我从小就梦想开餐厅。"突然许冬至眼里星光一闪，"沈昀，不如以后你当了大明星，给我投资开个餐厅吧？"

　　"可是梦想这种事，自己来实现不是更有意义吗？"

　　"你就是小气。"许冬至不满，"还装什么哲学。"

　　"好。给你开，把我卖了也给你开餐厅，行吧？"沈昀将车钥匙掏了出来，"走吧，许大厨，趁着我爸十二点前没回家，我偷开他车这事还能瞒得过去。"

但最后，沈昀和许冬至也没能在十二点前顺利到达市区。

突如其来的暴雨和车祸，让最后一刻也在拼命护住许冬至的沈昀就此定格。

许冬至记得很清楚，那一天，离沈昀高考还有几个月。

但这几个月，任是谁，也迈不过去了。

6. 这道路有点儿黑，你睡吧，我负责

偶像团体仍旧如期出道，只是队长那一栏，由沈昀变成了许冬至。

这个组合自诞生之际就被添上了浓郁的悲剧色彩，一时间红遍了大江南北。

但大起自然有大落，加之偶像团体的寿命本身就不长久，不到三年，组合解散。

其实到现在，许冬至老是会忘记自己曾经是一个戴着耳麦在体育馆开唱的偶像歌手。

但他总记得那个在他们告别签售会上哭成泪人的女粉丝。

她颤抖着声音问了许冬至一个跟解散毫无关系的问题，她问："你想沈昀吗？"

想啊，怎么不想。

还欠我一个餐厅的人，怎么能说忘就忘。

　　"前辈。"女演员的烟抽完了，"你说你的台词功底怎么那么好啊？当时我正在小电视后补妆，听到你声音的那瞬间，啪，眼泪怎么也控制不住地掉了下来。真的觉得特别感动，又特别神奇。"

　　"台词？"许冬至有些想不起来了，"哪句？"

　　"就是塔朗吉的《火车》呀，咱们这部电影，不就是根据这首诗改编的吗。"

　　女演员张开双臂，拥抱了一整片夜色："你当时站在窗台边，说——去吧，但愿你一路都平安。桥都坚固，隧道都光明。真是念得太好了。"

　　"哦。"许冬至怅然若失地笑了笑，"这句啊。"

　　就是因为这首诗。

　　许冬至才会不顾全公司的反对，接下这个毫无名气的改编作品。

　　因为在很早很早之前，早到他还只是一个没见过什么世面的练习生时，早到他还可以跟在沈昀身后四不像地学着舞蹈动作时，早到他还可以和沈昀挤在同一张桌子上补作业时，他看到沈昀的草稿纸背后有那么几行字：

　　　　为什么我不该挥舞手巾呢？

　　　　乘客多少都跟我有亲。

　　　　去吧，但愿你　路都平安。

　　　　桥都坚固，隧道都光明。

寻人启事

＼

我知道这很奇怪，但我将永远爱你。

1. 让我看看你的照片，究竟为什么，你消失不见

我确定我已经很久没有见过史迪仔了。

虽然我昏昏沉沉的脑子暂时还算不出这个"很久"到底是多久，但在我用尽所有办法都没能联系上史迪仔时，我弄明白了一件更重要的事——那就是我非常，非常地想她。

所以我开始满大街贴寻人启事，哪怕这很蠢，同时还有点没素质。

"史迪……仔？"

一个有些苍老的声音在我背后响起。我停下手中的动作，转过身去，看到了一位慈眉善目的老人家，他微微地仰着头，语气里笑意明显，"这名字有点意思，是广东那边的人吗？"

"不是。"我摇摇头，"她是本地人。"

"那爸妈怎么会给小姑娘取个这样的名字呢？"老人家很有兴趣的样子。

"她叫史笛，笛子的笛。"我一边解释，一边下意识地低头看向手里那堆寻人启事，A4 纸上印着一张史迪仔穿黑色高领毛衣，正大口大口吃炒饭的侧脸照，"但是她不喜欢别人叫她真名。得叫她史迪仔，她才会答应，不然说什么，她都装作听不见。"

我回到家，打开冰箱，在制冷机的嗡嗡声中，迎上了一大片看起来很暖和的橙黄色。

没有排成一列的德国黑啤、奶制品、全麦吐司以及水果罐头，都已经过了最佳食用期，甚至连那些被保鲜膜包起来的饭菜，也不出意料地变得酸涩。

就在我思考着也许是史迪仔的消失蝴蝶效应到了冰箱时，我家的门铃响了起来。

"井先生，下午好。"站在门口的是小区新来的保安，看起来年纪很小，正在对我笑。

"怎么了？"我看着他，确切地说，是看着他手里那张令我无比熟悉的寻人启事。

"那个……是不是我打扰到您休息了？"

"没有。"

我认真起来会有皱眉头的习惯，大概是因为这样，面前的小保安才突然紧张了起来。

"我家的地暖坏了，我有些冷。"

"原来是这样。"他释怀，又重新笑了起来，"那我等会儿回值班室的时候，顺便帮您去物业管理处登记一下。"

"好，谢谢。"我也笑了笑，但是不知道有没有他那么发自肺腑。

"对了，井先生。"小保安有些难为情地将寻人启事递了过来，"这个东西是不能在小区内张贴的，虽然它不算广告，但也破坏了小区美观，所以还请您配合一下我们的工作。好吗？"

很明显，这个世界又成功地将我往绝望边缘推了一步，于是我说："好，我知道了。"

保安走后，整个房子都寂静了下来。

才刚过五点，冬日的暮色就已经开始在天边翻涌，我坐在沙发上，点燃了先前那根烟。

我想我必须在这片越来越暗沉的寂静中制造出一点能打破它的东西，不然那些正在我身体里肆无忌惮蔓延着的空洞，很快就能将我炸个血肉横飞——所以光也好，声也好，哪怕只是一个微弱的烟头，都可以，我都接受。

所以史迪仔，你说得对，有些时候，人要的东西，真的就只是那么一点点。

2. 而缘分的细腻，又清楚地浮现你的脸

哦，对了，我好像一直忘了说，我是一名医生，耳鼻喉科。

第一次见到史迪仔，就是在办公室。不过，她不是我的病患，而是一个路见不平拔刀相助的女侠——当然，这是她自己事后得出的结论。

事情的起因很简单，一位母亲带着她八岁的儿子坐在我的办公室里不肯走，她用她高昂的嗓音坚持着术业有专攻，得了中耳炎就该来找耳鼻喉科的医生，而不是一锅子乱炖地去挂儿科。

于是，围在办公室门口看热闹的人越来越多。

医生、护士，以及被通知而来的保安也都在其中，但没有任何一个人敢做出强制性的举动。毕竟这几年越来越紧张的医患关系已经将医院推到了一个非常被动的位置，所以哪怕这件事占理的明明是医院，却不得不顾及着可能会被发散开来的社会影响。

"你为什么非要这个医生给你儿子看病？"

在一片混乱的嘈杂声中，这句话在瞬间就抓住了我的耳朵，倒不是因为这个疑问多么铿锵有力具有气势，而是因为发问者的声音，非常清亮。

人群慢慢地裂开一个小口子，发声者走了进来，是一个能配得上那副好嗓了的年轻小姑娘。

然后她笑了笑，不过不是对着我，也不是对着那对母子和他们身边的护士。

她那个澄澈到有些忘乎所以的笑容，好像只是笑给这满室的空气和药剂。

"这个医生撑死了是个主治，而且还这么年轻，你信得过吗？"她慢悠悠地转过头看向那对母子，笑意也敛了几分，"但儿科那个最有名的女医生，可是这家医院的副院长呢。"

结果可想而知——再怎么坚持术业有专攻，也敌不过所谓的权威绝对论。

"你怎么还在这里？"我旋开钢笔盖，看着眼前的小姑娘。

"我为什么不能在这里？"她一边反问，一边非常自来熟地拉开了我对面的椅子，并且干脆地坐了下去，"我又不是你手下的那些护士，你没权对我下达出去的命令。"

"好。"我将身子坐直，"请问你还有什么事吗？"

"你什么态度嘛。"小姑娘毫不客气地横了我一眼，接着又瘪了瘪没什么血色的唇——我猜是冻的，深秋的天气，最高温度不超过十八摄氏度，而她宽大的牛仔外套下只有一条短裙，"亏我刚刚还那么英勇地编谎话替你赶跑了找你麻烦的坏人——算了，你有烟吗，给我一根。"

"烟？"我皱了一下眉，"你多大？"

"你又多大？"她也跟着我皱了一下眉，像是故意的。

"二十七。"

"那你比我整整大了十岁。"她兴致勃勃地用两根手指头在半空中比出了一个十的手势，又对着我笑了一下，"不过我没看出来你这么老，我觉得我都能叫你叔叔了。"

"很好。"我点头，将眼神从她脸上挪开。

因为我突然发现，就算她还小，但眉眼间却已经开始暗暗浮动着成熟女性才拥有的妩媚和风情——总之，她刚刚那个笑容，让我有些不自在。

"那叔叔告诉你几件事情，第一，未成年和女孩子最好不要抽烟；第二，我和你所在的地方是禁止吸烟区；最后，不论什么时候，撒谎都是不对的。"

"喂，你这个人怎么这么——"她气急败坏地搜寻着适合的形容词，却被一阵敲门声打断。

是一个护士。

"井医生好。"护士朝我问了声好之后又敲了敲门，"史笛，你该——"

"听不见，听不见。史笛是谁，我听不见。"小姑娘夸张地捂住双耳，不停地摇着头。

原来她叫史笛。名字跟我想象中的，有点儿不一样。

"好吧，史迪仔。"护士无奈地摇了摇头，"你的住院手续和床铺都已经办妥了，现在该跟我过去了，别在这里打扰其他科室的医生上班……"

"哎呀，来了，来了，真啰唆。"史笛——不，是史迪仔不情愿地站了起来，开始朝着门口慢吞吞地移动，可走了没两步她又折回来。

不过这次，她站在了我沙发椅的扶手旁。

"喂，这位井叔叔——"

她拉长着声音喊我，这种幼稚的腔调让我不禁开始疑惑几分钟前的自己究竟在不自在什么。

"小朋友，你还有什么事？"

"我在住院部十七楼，你无聊的时候记得来找我玩。"

她顿了顿，眼睛里荡漾着看不到尽头的波光。

说实话，她是我见过的唯一一个就算是单眼皮，眼睛也非常好看的女孩子。

"我的意思是，我会很无聊，你记得来找我玩。你懂吧？"

大概是她这种像是邀请新邻居来家里玩一玩的家常口吻带偏了我，我竟然真的答应了她，以至于在她身影彻底消失之后我才反应过来——住院部十七楼，住着的，都是恶性肿瘤患者。

3. 我会张开我双手，抚摸你的背

鬼使神差地，我去找了史迪仔的主治医师。

"你什么时候开始对肿瘤科的事情感兴趣了？"吴医生推了推眼镜，接着又将双手环抱在胸前，这是他常做的动作之一，"而且你又不是不知道，这病情什么的，也算患者隐私——"

"我是那孩子的叔叔。"话一出口，我也有些愣，"以前住在同一个小区里，见过几回面。"

"这样啊。"吴医生好像信了我这个并不怎么高明的谎话，"那你回头得好好劝劝她的家长，怎么能任由孩子胡来？是命重要，还是半条腿重要？"

"骨癌？"我听见我的呼吸声慢慢放缓了。

"对，骨癌，中晚期。癌细胞基本集中于右腿小腿处。"吴医生摇摇头，"只是一截小腿，够幸运了。但不管我们怎么做思想工作，她就是不愿意接受截肢手术。"

我在史迪仔的病房外至少站了五分钟，才将门推开。

"别装了，知道你没睡。"秋冬的阳光笼罩着她雪白的被褥和微微颤动着的睫毛，在一片静谧中，我又朝她走近了好几步，她的脸好像瘦了不少，于是我问她，"想吃点什么？"

"井叔叔？"她试探性地睁开了半只眼睛，确定来者是我之后，立马解脱似的蹬开被子坐了起来，"早说是你嘛，吓死我了。"

"这几天过得怎么样？还适应吗？"一不小心，我就犯了职业病。

"这又不是酒店，难道不适应就可以退房走人？"

史迪仔实打实地瞪了我一眼，随即低下头，从被子里拿出一台屏幕还亮着的平板，大概在我进来之前，她正在玩游戏。随着她连续敲击屏幕的动作，那片暂停的画面和背景音乐又重新活了过来，这时候我才发现她的手很小，指甲很短，所以粉红的指头看起来又肉又笨。

"井叔叔。"她像是在跟谁赌气，"你过来就是对我做问卷调查的？"

ZHAIXINGXINGDEREN
摘星星的人 ///068

"当然不是。"

我摇头，本来想上前去给她整理一下被她踢得乱七八糟的被子——就像照顾每个普通病人一样。但不知道为什么，我总觉得如果我这么做了，那么我和她之间就会变得有些奇怪。

于是为了掩饰这份青黄不接的尴尬，我选择坐在了离她较远的小沙发上。

"我是来问你想吃点什么的，护士说你一天到晚都在抱怨病号餐难吃。"

"哪里是抱怨啦？我明明是实话实说，而且——"她突然停了下来，朝着床头边的凳子努了努嘴，"你干吗坐那么远？我都看不清你口袋边的工作牌了，井星——最后一个字念什么？"

"阑。Lan，第二声。"

"井星阑。"她皱着眉小声地说，"你这名字怎么这么——"

我猜这个总是因为找不到合适形容词而满脸苦恼的小朋友语文成绩一定不怎么样。

"星阑。是夜将尽的意思。取自谢灵运的《夜发石关亭》。"

"听起来像是一首诗。"她看着我。

"对。鸟归息舟楫，星阑命行役。"

"没听过。"她满脸诚恳。

"不意外。"

"为什么？"她仍旧看着我。

我承认我被史迪仔此时的目光蛊惑了——不，我想我不该把这种词汇安在一个十七岁的小朋友身上，但我又确实找不出比它更贴切的形容，看来语文成绩不怎么样的，并不止她一个。

总之，在我回过神的时候，我已经坐在了她床头边的凳子上。

"因为我妈生前眼睛不好，所以，她希望我的人生中看不到黑夜。"

史迪仔的表情在听完我这句话之后变得很微妙，所以我岔开了话题。

"小朋友，最后一次机会了，你想吃什么？"

"糖炒栗子、烤红薯、烤玉米、烤土豆、原味蛋仔等等等，但——"她咬牙切齿地看着我，"你故意的是不是？你明知道我吃不到这些东西。"

"谁说的？"我微笑。

"你——"她的眼睛瞬间被惊喜点燃，"不是吧？"

我也是后来才发现，每当史迪仔特别开心或者得到了一些她特别想要的东西时，她就会真心实意地瞪大眼睛，然后像是朗诵诗歌一般感叹着——不是吧？

说实话，其实这挺让我意外的。

本来我以为像她这种自信傲气又长得好看的小姑娘，就算得到了全世界的爱和好处，也不会表现得多惊讶。

那天下午，我把她裹在我的大衣和围巾里，带着她逃出了医院。

先是去了她心心念念的小吃街，再来去看了场上座率极低的国产恐怖片，最后在逛完超市之后，她愉快地送了我一个飞吻，然后扎进人堆里随着音乐跳起了广场舞。

夜风吹起了她的长卷发和她脖子间那条男士围巾，也吹散了那些从我嘴里吐出来的白雾。

我站在人群外认真地看着她，一点也不觉得自己做错了什么。

哪怕我知道作为一个医生偷带着该重点看护的病患出院是一件自毁前程的事情，但是这一刻，她在放声大笑。所以我想，只要她是快乐的，那么这件事就变得一点也不严重了。

换一种说法就是，我觉得值得。

如果——我是说如果，她没有突然在人群中倒下的话。

"井叔叔。"

在出租车的后排座位上，她的脸埋在我的胸口处，声音小得几乎听不见。

"在，我在。"我一边催促着司机的速度，一边轻拍着她的后背——哪怕我知道这个动作根本缓解不了她小腿的剧痛和滚烫的身体，"你再忍忍，马上我们就到医院了。"

"你比他们都坏，都有心机。"她攥紧了我的衣角。

"什么？"

"你今天带我出来吃好吃的，看电影……其实就是为了让我体会活着有多美好是不是？"

她如海藻一般的长发盖住了她暴露在空气中的一丁点侧脸，但我还是知道，她哭了。

"你就是想让我知道要活着，要继续留在这个世界，就要给出去一条腿是不是？"

我沉默了，因为她的话不是没有道理。

"井叔叔。"

她又喊我。不过这次的声音更小，似乎是憋着一口气，硬生生从牙齿缝里挤出了这三个字。

"在，我在。"

"你答应我，不要像别人一样说服我动手术好不好？因为你劝我，我说不定会答应的。"

她的身体颤抖着："自从弟弟出生后，爸爸妈妈就不是以前的样子了——我没跟你说过吧，我只是一个养女。可是这些都不要紧，弟弟那么乖，我也想当一个好姐姐，我想一家人好好地在一起。因为如果不是他们，这世上我连一个亲人都没有……可现在他们不要我了，他们给我留下一堆钱和一个空房子之后就移民走了。所以叔叔，我不想动手术，不想被治好，要是我病得越来越严重，他们会不会回来看看我呢？我真的，真的好想他们……"

我想我胸前那一块肯定都被她哭湿了。

"好，我答应你。那你也答应我一件事，好不好？"

"不好。"她似乎是笑了，"你那么坏，一定会算计我的。"

"你答应我，痛就喊出来，不要强忍着。"我将她搂得更紧了，"放心，我从不笑话小朋友。"

4. 就算世界，挡在我前面，猖狂地说，别再奢侈浪费

史迪仔的身体每况愈下，不说脸，甚至连手，都已经瘦成了一小团纤细的软骨。

"你看看，你看看。"吴医生将史迪仔最新的片子和诊断报告书扔在了我的办公桌上，"一开始只有一小截，现在癌细胞已经扩展到完整的两条腿了，而且还有扩散的趋势。"

我将手边的台灯拧得更亮了，最近因为熬夜翻看骨科肿瘤的书有些用眼过度，导致我现在有些看不清文件夹里密密麻麻的小字。

我揉了揉太阳穴，现在已经深夜两点了。

"她现在睡了吗？"

"刘护士哄着睡了。"吴医生坐了下来，恨铁不成钢地叹了一口气，"我早就说了，必须动手术截肢，光靠着保守药物和放射线不会有多好的疗效，现在好了吧，我看不到三个月她就要——"然后他有些难为情地停了下来，大概是突然想起我这个叔叔或许也算半个家属。

"您已经做得很好了。"我将文件夹盖上，率先打破了办公室里尴尬的寂静，"是她倔，所以这不怪您。"

是她倔。我在心里反复地将这三个字默念了几遍。

我闭上眼睛，对着空无一人的办公室，认认真真地朝已经睡下了的史迪仔道了一个歉。

你知道的，史迪仔，就算不怪吴医生，我也肯定不会将这笔账算到你头上的，你的性格也没有倔到非要牺牲掉自己的性命才算尽兴——我只是在刚刚那一刻，不知道怎么跟吴医生解释。

有些东西，你能理解，我也能理解，但这并不代表普罗大众和这个世界都能理解。

在医生的眼里，没有什么事能比性命更重要——但是小朋友，你别误会，我真的没有因此，而怪过你什么。

我站起身，拉开了身后的百叶窗。

月明星稀，还有三个半小时我就下夜班了。开车回去的路上能买到最新鲜的山药和胡萝卜，会给熬你爱吃的粗粮蔬菜粥，也会记得不放香菜——唉，真是个麻烦的小朋友。

"井医生！"值班的护士一脸恐慌地推开了我虚掩着的门。

"怎么了？是不是今天刚收的 32 床的喉管又出现——"

"不，不是的。"护士焦急地摇了摇头，"是肿瘤科的刘护士给我打的电话，她说史笛刚刚痛醒了，然后生命症状急剧下降,现在已经……"

现在已经怎么样了？

我听不清了。我几乎是在"史笛"这个名字暴露在空气中的那一瞬就跑了出去，身后的护士还在说些什么我真的听不清了，除了风声，我唯一能听见的，就是自己胸腔里的心跳声。

我在害怕，我在紧张，我的手心和后背都在零下三摄氏度的冬夜里被汗水侵袭，这些我都知道，可我不知道为什么我直接跑进了住院部的安全通道，楼梯间的应声灯随着我的奔跑声被一层一层点亮。我不知道我为什么要选择这个耗时又耗力的蠢办法，大概——是我本能地觉得，在这种时刻，我不能停下。

但我还是在十六楼停住了脚步，因为我听见了来自史迪仔的号叫声。

对，没错，是号叫。

惨烈到几乎让我难以将它和史迪仔联系起来。

明明她只是一个未成年的娇嫩少女，明明她只是一个既爱笑嘻嘻又爱麻烦人的小朋友，这样接近于撕裂和毁灭的声音——到底是怎么从她柔软的身体里发出来的？

我慢慢地走到十七楼，看着那几间明亮到刺眼的房间，拳头握紧了之后，又无力地松开。

我想我大概知道为什么那天在出租车上史迪仔不肯答应我了，因为她一直都是那个自信傲气，又长得好看的小姑娘，所以她不允许自己输得一败涂地，所以她咬着牙也要做到一些在别人看来很微不足道或者不被理解的事情，所以她，一定不愿意让我看到她现在的样子。

所以，我站在原地，没有向前。

危险期和麻醉期的时间过了之后，肿瘤科的刘护士却仍然将我拦了下来。

"井医生。"她的笑容有些不好意思，"虽然你是史迪仔的叔叔，平时你也常陪着她，但是史迪仔在麻醉之前特地交代了我，说不想见你，所以——我们还是得尊重病人的意愿。"

我看了一眼被里面的窗帘盖得严严实实的小口子，问："你有几个小时没进去过了？"

"两个半小时了吧。"刘护士不明所以，"过了麻醉六小时之后，不是该让病人好好休息一会儿吗？所以我就没有进去打扰——"

我默不作声地越过刘护士，径直旋开了史迪仔病房的门，果然，里面空无一人。

我是在火车站的候车室里找到了史迪仔。

她全副武装，不仅穿着一件长到脚踝的大衣，连帽子、口罩、围巾、手套等东西都没有落下。

"不知道的，还以为你是个逃犯。"我走过去，摸了摸她的额前的碎头发。

"井叔叔。"她委屈地看着我，"你不要抓我回去。"

"为什么把头发剪了？"

"我不想让它们跟着我一起死。"

"那你其他地方听到这个理由要生气了。"

"都这个时候了，你还取笑我。"隔着口罩，我听见她闷闷的笑声了。

"为了让你相信我不会抓你回去。"我从她手中抽出了她一直攥着的红色火车票，"要去这个地方是吗？那你等我一下，我去换成高铁，和你一起。"

史迪仔想去的地方，是省内的一个古镇。

不近不远，下午四点半从高铁站出发，到古镇客栈安顿下来的时候，刚好十点整。

"叔叔，你看——"不知道从什么时候开始，她喊我，已经去掉了我的姓，"下雪了。"

"冷不冷？"我进屋拿了一床毛毯从背后裹住了她，"阳台有风，你最多看十分钟，然后进屋洗澡，吃药睡觉。我已经调好水温了。"

"不冷。"她虽然这么说，但还是打了一个寒噤，"老人家说下雪的时候不冷，融雪才冷呢。"

"那是相较而言的不冷。"我突然想抽烟，但还是忍住了。

"叔叔，你看。"

"我知道下雪了。"

"不是。"她嘟着嘴，像是撒娇似的皱了一下眉，"你看看其他的。"

其实我不太能确定史迪仔所指的其他究竟是什么。

远一些是一条蜿蜿蜒蜒的江，江的两边闪烁着无数家客栈所亮出来的橙黄色灯火，近一些是斜对面的酒吧街和夜宵街，有酒味，也有炭烤味，再近一些就是我们阳台下的那群年轻人了，大概是趁着寒假出来旅游的大学生，正起着哄要其中一个抱着吉他的男生再来一曲。

"活着真好啊。"她声音很轻，像是在自言自语，"可是叔叔，我是不是意识得太晚了？"

"不晚。"我有些不敢看她，"你会好好长大，考上一个好大学，找到一份好工作，遇见一群好朋友和你想要的那个人，你的人生还会有很多成功和快乐的时刻。所以你不准这么——"

"叔叔。"她将头轻轻地靠在了我的手臂上，"骗谁呢。明明你知道我撑不到十八岁了。"

然后，我们很久很久都没有说话。

"井星阑。"她喊我全名，用命令的口吻对我说，"看我。"

我照做了。她的眼睛在雪夜里闪闪发亮。

"喊我。"

"小朋友。"

"喊我。"

"史笛。"

"喊我。"

"史迪仔。"

"喊我。"

"我知道这很奇怪，但我爱你。"

然后她笑了。在她眼泪落下来的那一刻，我低头吻了她。

5. 请让我拥有你，失去的时间。在你流泪之前，保管你的泪

"好了。"

我听到一个清脆的响指声，然后睁开了眼睛。

"怎么样？想起什么没？"

问我话的是心理科的杨教授，他才是我们医院的副院长。

"没有。"我笑了一下，"但是托您的福，我刚刚睡了一个好觉。"

他也笑了一下，对我的回答不置可否。接着他又问我："做完手术之后还适应吗？"

我点了点头，又摇了摇头。

史迪仔从古镇回来的第四天，离开了人世。

而在她去世后的第七天，我莫名其妙地得到了一张眼角膜自愿捐献协议书。

因为家族遗传的关系，我患有先天性白内障，二十岁那年的手术虽然治好了白内障，但眼角膜却开始发生不稳定性病变，严重的时候，在黑夜里我几乎只能看见模糊的光圈——但是这一切，我不知道史迪仔会知道。

她在捐献协议书上歪歪扭扭地写着：虽然我没有你妈妈那么爱你，虽然你上午送来的粥里依然有香菜，但我也还是希望，你的人生里，看不到黑夜。

　　我再次躺了下来。

　　头顶明亮的日光灯让我有些眩晕，我闭上眼睛，眼泪从眼角一路流到了我的耳后。

　　这是在史迪仔走后，我第一次愿意面对现实，并且承认现实，接受现实。

　　然后我用手掌覆盖住了我的双眼。

　　史迪仔，我不知道我的呼吸、我的心跳，以及我接下来的人生还会持续多久，但我，和我的双眼会一直想念着你——我知道这很奇怪，但我将永远爱你。

摘星星
的人

＼

Good luck，little star。

楔子

陆捷南在连闯了三个路口的红灯后，终于赶到了第一人民医院。

他站在六楼妇产科的门外，看到了瘫坐在角落里的郁星。

他走过去，用手轻轻托起郁星低垂的下巴，将她的脸从散落的长发里拯救出来——她面色苍白，全是冷汗。

然后陆捷南就知道，一切都晚了。

"郁星，算你狠。"

"陆捷南，你还回加州吗？"

一

陆捷南对郁星的第一印象并不好。

厕所的灯光很暗，他当时正在洗手，一回头就看见一个浓妆艳抹踩着高跟鞋的女人，杀气腾腾地冲了进来。

她太理直气壮了，以至于陆捷南都产生了一种想去门口看标识的冲动。

这很罕见，因为陆捷南是个宁愿相信宇宙天体出现异常，也不会去怀疑自己实验报告出错的高才生。

"王八蛋！"陆捷南听到那个女人咬着牙骂了一句。

"喂，你看到祁湛风那个浑蛋了吗？"

陆捷南应声望过去，看到那个女人就近扯住了一个家伙，但由于角度问题，陆捷南看不到郁星的正脸，他粗略地扫了眼，觉得她的睫毛长得有些扎人。

"哟？怎么，被他甩啦？不如……今晚跟我出去玩玩儿？"

"你他妈神经病！"郁星干脆地撒了手。

那男的喝多了，红通通的脸上满是戏谑："我不认识什么风啊雨的，你有本事自己进隔间看看呗。"

郁星笑着往地上啐了一口，像是一把出鞘的刀。

"去就去，你当老娘是孬种？"

其实陆捷南也不清楚为什么要用这么锋利的东西去形容一个女人。

总之，他就是觉得那一刻的郁星，像把明晃晃的刀，刺啦一下，就捅破了他头顶那个昏暗的灯泡。

等陆捷南重新回到了位置上的时候，他啤酒杯上那层丰盈的白色泡沫已经瘪得差不多了，还剩一点点，正沉默而细碎地炸裂着。

他摸出被友人随手扔在沙发缝隙里的火机，点燃了一支烟，在火光窜起的瞬间，他又看到了刚刚那个女人。

在酒吧的舞台上，仍旧站得理直气壮。

陆捷南不是个爱玩的人，但驻唱歌手也见过不少，有抱着吉他唱民谣的，有穿着铆钉喊摇滚不死的，也有露着大胸长腿让人往身上塞钱的，可他没有见过像郁星这样的。

大大咧咧地走上去，毫不客气地拍着话筒试音，甚至连看台下观众一眼的打算都没有，就开始自顾自地张嘴唱歌了。

不过也没关系，因为陆捷南发现，整个大厅除了他，没人在听郁星唱歌。

劣质的追光打在她的脸上，陆捷南这才真正意义上看清她的脸。

怎么说，陆捷南想了下，这个女人真是——过分漂亮。

但还是不要按照字面意思去理解这句话吧，毕竟女人再漂亮都不算一件过分的事——不是吗？

陆捷南只是想感叹，原来现在还有人能拥有着上个年代 TVB 女星的韵味和风情，一抬眸一抿嘴，便浑身上下都散发着暗香浮动的勾引。

风是黑暗 门缝是睡

冷淡和懂是雨

突然是看见 混淆叫作房间

湿像海岸线 裙的海滩

……

这首歌唱完的时候，只有寥寥的掌声，拖拉又散漫，像是象征性地敷衍了事。

不过陆捷南知道她不在乎，因为他看到她在下台的时候，狡黠地对上了他的目光，然后伸出食指勾了勾，她波光粼粼的眸子里，全都是自信。

"怎么样，我唱得很难听吧？"

郁星一点儿也不别扭地拿起酒杯一饮而尽。你知道的，女人只要长得漂亮，就是很大程度上的成功了，所以郁星心安理得地享受着陆捷南对她的服务。

"还好。"陆捷南实话实说，"我听过原唱，至少在我听来——是差不多的。"

"咦？这么冷门的歌，你居然都听过？"

陆捷南几乎是凝视着郁星的脸，他想，这世界上一定没有第二个人可以和面前这个女人一样，连惊讶的表情都做得风情荡漾。

"我导师很喜欢王祖贤，说她是人间尤物。这首歌，他放了两个学期。"

郁星顺手将杯子搁在了来回穿梭的应侍生的托盘上，挑眉看着站在阴影处的陆捷南："长得好看的，果然都是学生哪。"

接着她又往前走了小半步，脸轻轻地擦过了陆捷南的鼻尖，然后陆捷南就闻到了一股带着酒精的脂粉味。

"学生来酒吧，你当心被记过哦。"

陆捷南一笑，他不得不承受他有点儿享受。

就像女人喜欢男人点到即止的荤腥一样，男人也欣赏女人恰到好处的轻佻。

"我是成年人，再说我学校在美国加州，远得很。"

"哦？"郁星眨了眨眼睛，"留学生哦，你学什么的？"

陆捷南发誓，他绝对不是盲从漂亮女孩儿都不会念书这个说法，只是他自己都觉得他的专业，的确有些脱离一般人的正常生活了。

于是他想了想，把他脑海中那些天文物理的专业名词，都概括成了一句话："嗯——我是研究天上星星的。"

"哦？"郁星似是来了兴趣。

她踮起脚，手腕揽住了陆捷南的脖子："天上的星星太远啦。不如今晚……你就研究研究我这颗地上的星星？"

"嗯？"陆捷南的手，轻轻地回握住了郁星纤细的腰。

"哈哈哈，痒……你松手！"郁星怕痒，咯吱咯吱笑的时候，温热甜腻的气息全喷在了陆捷南怀里。

她慢慢地止住笑声抬起了头，认真地盯着陆捷南黑如曜石的眼睛。

"我叫郁星，星星的星。"

陆捷南的心，就是在那一刻变得又潮又湿。

二

郁星第二天醒来的时候，已经过了十点了。

她小心翼翼地掀开了被子，她想，昨晚一定是太累了没有调整好最后入睡的姿势，不然现在她的左胳膊也不会一直发胀地酸疼。

她拢了拢长发，回头看了眼还在沉睡中的陆捷南。

算了，看在你帅的份上，不计较。

不过她不计较，并不代表别人不计较，因为等她从浴室出来的时候，陆捷南看过来的眼光……嗯，怎么说，就像是在打量一件不太划算的商品。

"被水声吵醒的？"郁星穿着的是陆捷南昨晚的衬衫，她刚刚冲了个凉，身子没有怎么擦干，"我刚刚去洗澡的时候你还没醒哪。"

"你跟任何人都这么自来熟？"陆捷南只扫了郁星一眼就重新回到了被窝里，说实话，倒时差对他来说，比做实验还痛苦。

"我们都睡过了哎，这还不算熟？"郁星挑眉，话说得没脸没皮，反正她长得漂亮，有什么好怕的。

"我只是以为醒过来之后，你就不在了。"

"可我没带口红啊，带了也舍不得往镜子上写字啊。"郁星很无辜，"好看的口红贵着呢。"

陆捷南没有说话，表情却明显地柔和了几分，他翻了个身，将脸枕在了自己的手臂上，良久，他才问："你为什么没走？"

"唉……"郁星很无奈地叹了口气。

"书读得多的人都这么烦吗？"郁星跳着脚去门口捡回了自己倒在一边的高跟鞋，"第一我睡过头了，第二是我突然想起我家里的热水器还没修好，没热水。"

郁星重新坐回了床上，裸着上身在床头的衣服堆里找内衣，陆捷南沉默地和她的背影对视着，那些没有被她头发挡住的皮肤，隐隐地散发着倦怠的情欲。

"找到啦。"郁星回过头，示意陆捷南再往前挪一点，"那个，你帮我扣下内衣扣子，我自己老是扣不对。"

陆捷南感觉得到，在他的指尖触碰到郁星的时候，她小小地颤抖了一下。

"扣第几排？"

"随便吧，扣上就行。"郁星无所谓地在空中挥了挥手，但紧接着她换了一种很认真的口气，"对了，你觉得我是不是该减下肥？"

陆捷南没有告诉过郁星，他对她真正心动的瞬间，其实是在这时候。

乱糟糟的头发，完全素颜的脸，扣了一半的内衣，和她说话的语气。

"不用，现在就挺好。"

陆捷南将最后一个扣子替郁星扣好的时候，他皱了下眉，然后放轻了声音，喊了她一声："郁星。"

"嗯，干吗？"她轻快地转过身来，发尾扫到了陆捷南的胳膊。

"如果我说我要和你在一起，你怎么想？"

"在一起？"郁星夸张地瞪大了双眼，这真的是太意外了，她甚至都没有发现陆捷南那句话中说的是要，而不是想。

"嗯。"陆捷南点点头，看起来竟有些事不关己。

"不是吧？"郁星下意识地想躲避掉陆捷南看过来的眼神，不是害羞，是她的本能在对她发出危险的警告。她昨晚就发现了的，陆捷南的眼睛会吞人，而且还是那种细嚼慢咽，一口一口，温柔地吞，"这睡了一晚你就要……"

"我只是问你怎么想，又没征询你的意见。"

陆捷南稍微用点儿力，就将郁星重新扯进了被子里。郁星没有防备，于是一抬眼就看见了昨晚她挠在陆捷南身上的印子。

郁星咬了咬下嘴唇，一个翻身就跨坐到了陆捷南身上。

她扬着下巴，十分不满："你就用这种诚意，来跟我说你要和我在一起？"

陆捷南闷着嗓子笑了一下："怎么这么凶——恃美扬威？"

接着，他的手自然而然地就握住了郁星纤细的脚踝，轻轻地掐了一下："你想要我用什么诚意？嗯？"

"王八蛋。"

这是陆捷南第二次听到郁星这么骂人，不过他听出了其中的细微差别。

"我知道你是待在国内无聊。"郁星挣脱了陆捷南的掌控，跳下了床，昨晚她听陆捷南讲过，他接了一个在国内的课题，大概得耗上好几个月。

"正好最近有一个地中海追我追得勤，拿你挡挡也不错。"

"乐意效劳。"陆捷南的烟还剩一小半，他直接丢进了带着水的烟灰缸里，滋啦啦的声音听得郁星更烦躁了。

"不过你为什么不同意？"

"你没听见我说他地中海啊。"郁星翻看着衣柜和桌子，像是在找什么东西，声音听起来有一种错落的悠长，"美女当然只能和帅哥在一起……"

"该死。"郁星皱着眉，大概是耐心到了尽头，于是她很孩子气地跺了一下脚，"你有看到我昨晚上戴的那条项链吗？"

陆捷南其实是没有印象的，但他还是佯装思索了一下："怎么，祁湛风送的？"

果然。

郁星的脸色，变了。

"有什么大不了的。"

曾经有研究证明过，打哈欠是会传染的。陆捷南此刻选择不再看郁星，是因为他觉得可能不止哈欠能传染，烦躁说不定也可以。

"我再给你买两条。"

"不一样。"

尽管知道没必要，巷子口三十五块钱一条的项链而已，可郁星还是止不住地有些沮丧："算了，反正都锈了。"

"喂——你叫什么啊？"郁星穿戴整齐，靠在门边上准备走了。

"陆捷南。"

"成，陆捷南。"郁星看着床上的人，笑了一下，"我答应和你在一起，不过仅限于你在国内这几个月，并且……"

郁星像只猫咪一样眯了眯眼睛："并且你不准再碰我。"

"小姐，长得好看也不能不讲道理。"陆捷南的指尖摩挲着自己的下巴，赤裸裸地问郁星，"昨晚是谁先碰谁？"

"我长得好看为什么还要和你讲道理？"郁星不甘示弱，"你不愿意就拉倒。"

陆捷南顿了顿："好，我都依你。"

三

尽管这个恋爱谈得莫名其妙，但郁星也还是感受到了，什么叫——多了一个男朋友。

比如说，出租房里换了一个最先进的热水器；比如说，喜欢的口红一支支聚齐；再比如说，有人随喊随到，自己再也没有饿着冷着过的时候。

郁星快上台了，站在化妆室里吃着陆捷南送来的鸡翅，她含混不清地说："陆捷南，你不要再这样了，买这买那的，你还是个学生……"

陆捷南一挑眉："你这是在心疼我——的钱？"

"有毛病啊你，好好说话。"

郁星满桌子找纸都没见着，最终还是陆捷南将衣服袖子凑了上去。

"没事，我是属于那种钱多的学生。"

他目光深邃，看着郁星嘴巴旁那一圈细小的绒毛，笑了笑。

郁星再次见到祁湛风是一个月之后。

他站在路灯下，瘦削的身影被拉得无限长。

"给你。"他开门见山将一个信封递给郁星，手上大大小小的都是伤痕和创可贴，"不差一分。"

"我说过不要。"郁星将眼光生硬地从祁湛风脸上移开，"这些钱是给祁伯伯治病用的。"

祁湛风狭长的眼睛里没有任何感谢："我也说过不要。"

郁星最终还是没有忍住，她看着祁湛风瘦了一圈的脸和苍老了十岁的手："你不要去干那些活儿了，真的太辛苦了……"

祁湛风笑了一下，可能连他自己都没想过，有朝一日，他竟会用这种类似轻蔑的口气和郁星说话。

"难道你挣钱，就不辛苦了？也对，靠着脸和身体赚钱，的确比我要轻松很多。"

郁星倒吸了口气，她的脸在黄澄澄的路灯下被衬成了一幅远古的油画。

"祁湛风你没必要吧，我不想和你吵。还有，我不是出去卖的。"

祁湛风走向前来，用信封的一头挑起了郁星尖细的下巴："那你告诉我，你和出去卖的有什么区别？"

"祁湛风，你浑蛋！"郁星皱着眉，用力将脸甩向另外一边。

然后，她看见了站在拐角处的陆捷南。她下意识地将手中提着的塑料袋，抓得更紧了。

她咬着下嘴唇，望着陆捷南模糊的身影，她用力地告诉自己，不委屈，不难过，不要哭。

"怎么，看到顾客了？"

"我不是顾客。"陆捷南走了过来，手中还打包了两份郁星常吃的夜宵，自然而然地站在郁星的前面，"我是她男朋友。"

"男朋友？"祁湛风像是听到一个笑话般笑了出来。

"哥们，你少开玩笑了，你知道郁星，也就是你女朋友……她是出来卖的吗？"

陆捷南冷着脸，几乎没有任何犹豫地上去就给了祁湛风重重一拳。他眉眼阴郁，看着躺在地上的祁湛风："做人要好好说话，你爸妈没教过你？"

祁湛风爬了起来，没有还手的打算。他知道他说话难听，也知道他浑蛋，可是没有办法，他和大多数倒霉的人一样，被这现实折磨得焦头烂额，所以他痛得有些口不择言。

他沉沉地看着被陆捷南挡了三分之二身影的郁星："那你知道我爸

妈又是怎么教郁星的吗……可你看看她，成了什么样子。"

祁湛风弯腰，捡起了飞到半米外的信封，甩进了陆捷南的怀里。

"知道那天晚上她为什么跟你走吗？因为我在旁边看着，她是故意的！"

陆捷南一路上都没有什么反应，到了郁星楼下，他将夜宵递到她还紧紧攥成拳头的手边。

"都凉了。"

"陆捷南……"

陆捷南想，这一定是他第一次看到郁星的脸上，看到如此深重的疲惫。

"嗯，怎么？"

"我爸妈死得很早，是祁伯伯一家收留了我，但是祁伯伯一家本身家境就不好……多加我一个，更是负担。"

郁星笑了笑，很温柔的那种，像是在和小朋友讲久远的故事。

"我从小就不会念书，所以后来也不好意思说要一直念到大学，高中就开始出来打各种零工……可去年，祁伯伯病倒了。"

陆捷南是聪明人，他无须再听下去都知道接下来发生了什么："所以你是为了报恩救祁伯伯才来的酒吧，但是祁湛风根本不领情，是吗？"

"嗯。"郁星轻轻地点了点头。

陆捷南想，若郁星是只兔子，那么此时她的耳朵应该全部耷拉下去了。

"穷啊，是真穷，陆捷南。

"除了这个我想不到别的可以来钱的方法。

"对不起啊，陆捷南。"

"嗯？"陆捷南抿了抿嘴唇，望着天上的星星，"你跟我说什么对不起。"

"你还记不记得我最开始跟你说过的，有个地中海在追我吗，他一开始说两千，后来五千，再后来一万，再再后来涨到了五万，说实在话，陆捷南我真的特别害怕，我特别害怕他的价开到我动摇的那个数。"

"我真的好怕……"郁星含了一泡眼泪，但是不愿意让陆捷南看到，"我真的好怕，我变成那种人啊，陆捷南。"

陆捷南看着郁星的后脑勺儿："我可以破例一次让你抱抱。"

"不要。"郁星干脆地回绝，接着她顿了顿，带了一点儿说不清楚的羞怯，"对不起啊，陆捷南……"

"你老跟我道什么歉？其实如果非要道歉，是我应该向你道歉。"

郁星不解，她也不知道她的歉意到底从何而来，可能是之前用陆捷南当了各种挡箭牌，也可能是今晚让他看见了最庸俗的自己。

可——陆捷南那么好，他道什么歉？

但陆捷南看起来似乎是认真的样了："如果一开始我知道那晚你是为了要气祁湛风，我是不会碰你的。"

"不是的，陆捷南……"

"你还喜欢他吗？"

"祁湛风？"郁星有些反应不过来，"他啊，我从小和他一块儿长大，他对我很好的，他……"

"郁星，你知道天上的星星研究起来有多复杂吗，可是我现在觉得，它们再复杂也有个定律，可你没有，你是什么样的，我研究不出来。"

陆捷南站了起来，笑了笑："我下个月初就回加州了。"

"Good luck，little star！"

四

然后，陆捷南就真的消失了。

起初郁星只是以为近几天他特别忙而已，所以才会短信不回，电话不接。

后来郁星终于按捺不住了，她连脸都顾不上洗一个就直奔陆捷南的研究室。

——可他还是不在里面。

"哎，请问！"郁星没有工作证，进不去那个白白的看起来很高端的地方，所以她只得守在门口等，好不容易让她抓到一个出来吃饭的人，"请问陆捷南在吗？"

"小陆啊？"中年男人扯下了口罩，"他今天不上班啊，休息。"

"那……您知道他住哪儿吗……"话一出，郁星才觉得心虚，好歹也是挂了两个多月男女朋友关系的人，居然连一个住址都搞不清楚。

"这个，小陆不是本地人，也没有住研究室给他的宿舍，我也不清楚了……"中年男人仔细看了看郁星，"那个你是他女朋友吧？"

"啊？"郁星一惊，但还是点点头，"对。"

"你等等啊，他说万一你来找他，让我们带个东西给你。"

有点儿出乎意料的，居然是一张银行卡。

郁星的手指摩挲着那一排凸起的数字，咬着唇没有说话。

"小陆说密码是你的生日。"

"您……您是怎么知道我是他女朋友的？我之前，都没有来过这儿……"

"还要你来？"中年男人笑了笑，"小陆是年轻人，藏不住事，整天跟我们炫耀他有个多好看的女朋友……而且我们这里有好多仪器，手机等通信工具是收不到信号的，每次他都怕错过你的信息电话，跑得特远……"

中年男人还在絮絮叨叨地说着，突然又插进来一个声音："咦？这不是小陆那个女朋友吗？我刚刚路过市中心的餐厅看到他和一个女孩儿在一块儿吃饭啊，不是你啊……"

郁星想，她可能这辈子也没有跑得这么快过。

她推开了那扇厚重的玻璃门，看到了陆捷南熟悉的背影，果然对面坐了一个长头发的女孩子。

郁星深吸一口气，走过去，将银行卡扔在了桌子上。她瞪着陆捷南，理直气壮："你什么意思？"

陆捷南没什么反应，修长的手指将薄薄的卡片拿起，放在了桌边："一点儿心意。"

"我不要你的施舍。"郁星一字一句。

"这个……陆组长，她是谁啊？"长发女孩儿终于忍不住开口了。

"我是他女……"

"之前酒吧认识的一个女孩子。"陆捷南不急不缓地翻开了菜单。

郁星咬着下嘴唇，想反驳也没纰漏可找。

"那……要坐下来一块儿吃饭吗？"女孩儿笑得很甜，"我们刚一直在聊天，都没顾得上点菜。"

"好啊。"郁星扬起嘴角笑了笑。她知道这不识趣，但她就是要看到这个女孩儿尴尬又意外的样子。

"组长。"长发女孩儿明显想扳回一局，"我们刚刚聊到了物理力学中的……"

"算了吧。"陆捷南意兴阑珊，"别说了，有人听不懂。"

长发女孩儿"扑哧"一声笑了出来，她在心里已经想好了怎么就着陆捷南的话来嘲笑一下郁星，可她才笑到一半，就看到郁星狠狠地拍了一下桌子。

"你笑什么笑？"

接着，郁星又将目标转向了正在喝水的陆捷南，她不清楚他的本意是单纯地说她听不懂，还是故意要让那个讨人厌的长发女孩儿来借题发挥地羞辱她。

总之，不管哪种，她都十分生气。

她媚眼一横："你少看不起人了陆捷南，不就是物理……"

陆捷南将杯子放回了桌面上，苏打水在杯中轻轻地荡着，他慢条斯理地回望着郁星，问她："那你懂吗？"

"王八蛋。"郁星拿过陆捷南的刚刚喝过的杯子，摔了个粉碎。

然后郁星不由分说地就扯着陆捷南去了之前的酒店。

一进门郁星就狠狠地吻了上去，陆捷南将她推开："你干什么？"

"你！"郁星越发不示弱，她漂亮的脸在幽暗的房间中，有种致命的吸引力。

陆捷南单手扯松了自己的领结，将郁星推到了墙上："郁星，我今天就来教教你，有些话，女孩子不能乱说。"

他把郁星抱起来扔在床上，一颗一颗解开她的纽扣，在整个身体埋下去之前，他听到郁星问他："陆捷南，你是不是真的喜欢我？"

陆捷南的手扣住了郁星的下巴和脸颊，喘气粗重："郁星，难道就没有人告诉过你，在床上的时候，不要问男人这种问题吗？"

郁星细长的小腿攀上了陆捷南精窄的腰身，她不依不饶。

"那如果我就是要问这种问题呢，你能把我怎么办？"

陆捷南将她的脸扭去一边，继续用牙齿啃噬着她的脖颈和锁骨。

她太好看了，他看着总会心软，但陆捷南想，有的惩罚必不可少。他是用力的，他感受到了她吃痛的气息，和她挠在后背的酥痒。

最后他听到她断断续续地喊着他的名字，她的眼泪从眼眶流出，没入了发丝。她轻声问，陆捷南，你是不是也和别人一样，开始看不起我了？

郁星冲了个凉，身上仍旧套着陆捷南的衣服。

"陆捷南，你还回加州吗？"

"回。"陆捷南仍是老习惯，背对着她抽烟，"机票早就订好了，博导也给我推荐了好几个研究院。"

郁星点点头，将被子扯上来从头至脚地裹住自己，良久，她闷闷的声音传来："那行，陆捷南。我们好聚好散。"

后续

登机前半小时，陆捷南收到了来自祁湛风的短信。

他说郁星怀孕了，但是她打算放弃这个孩子。

陆捷南大概蒙了有那么两分钟，才跑出机场赶到了医院。

"郁星，算你狠。"

郁星面色苍白，像是一张快要被水浸透的卫生纸。

"陆捷南我尿了，护士喊我的名字可我没敢进去。陆捷南，你还回加州吗？"

陆捷南盯着她："郁星，你不讲道理，你拿孩子要挟我。"

郁星努力地笑了笑："我长得这么好看，为什么要和你讲道理？"

陆捷南叹了口气，轻轻地将郁星揽在了怀里："你知道吗，郁星。天上的星星，光是银河系，就有一千至四千亿颗的恒星，还有大量的星团、星云，可地上的星星——就只有你这么一个。"

微风春水

＼

人生大抵是一池烂塘，旁入几近稀泥无疑。而你，
是我从深雪长到霭阳，唯一见过的，微风拂春水。
——写给我唯一的，小茉莉。

1. 怕是要和小茉莉做一辈子的朋友了

我第一次见到尹莉莉的时候，是小学五年级。

她站在狭窄的过道里，单薄的脊背正紧紧贴住她身后那面落灰严重
的老墙，接着，我的目光移到了她的脸上。好吧，其实我只能看到她三
分之一的脸，不过没关系，我紧了紧我的书包带子，安慰着自己的好奇
心，反正以后总能见到的嘛。

于是，我愉快地将这场眼神之旅以她的布鞋作为终点站，心满意足
地总结出——这个小女孩儿，一定比我好看很多倍。

"妈妈……"我晃了晃正拉着我上楼的手，声音虽小，但我笃定我
的语气里是藏了雀跃和期待的，"是不是来了新邻……"

"嗯。"妈妈点了点头，下意识地往楼下看了一眼。那儿还站了一个女人，可能三十出头，也可能更年轻，总之，她看起来，和这栋破旧的筒子楼格格不入。

"快走，你还得回家写作业。"

妈妈的脚步快了起来，甚至她还伸手轻轻地推了一把我的书包。这样的反常让我自然而然产生出了一种错觉，仿佛这不是慢悠悠地放学回家，而是她正带着我从一个生死攸关的灾难现场逃离。

可惜的是——没有成功。

那个女人的声音清晰地从楼下传来，带着一股成熟的欢愉："哎哟……师傅，不就换个锁你这干吗呢，别猴急……好，你先换锁，然后我们再……"

"菲菲，快，你快上去。"妈妈不悦地皱起了眉头，搬出了家长式的命令口吻，她很少这样的。

"妈妈？"我仍不死心。

"上去。小孩子别问那么多。"

好吧，这句话一出来我就知道我必输无疑了。

可我服气，不代表我的影子也服气。

因为它知道我没有恶意，也知道我想问的并不是那股少儿不宜的欢愉，它知道我，其实只是想下去看看那个小女孩儿罢了。

于是，它变得比之前更拖沓，歪歪斜斜地倒在了楼梯上，像一瓶被打翻的墨水。

这样吧，我亲爱的小茉莉。

我跟你打个赌，用什么赌注都可以，我赌你绝对不知道，在我第一次看清你脸的时候，我就开始心疼你。

我心疼那个站在夕阳下，紧靠墙壁快要哭出来的你。

小茉莉，我是认真的，我想要保护你。

等吃过晚饭，爸爸妈妈一块儿出去散步时，我还是没有忍住要去找那个小女孩儿的冲动。为了表达对新邻居的欢迎，我特意折返回来，准备了一盒我最喜欢的草莓牛奶当作礼物。

出乎意料的是，那个小女孩儿居然还站在老地方。

楼道里暗黄的灯光洒满了她的白裙子，使她看起来肃穆又温柔，连明明很脏的布鞋都可爱了几分。

我攥着牛奶，很紧张地朝她笑了笑："你，你好……呀。"

漂亮的小女孩儿都是傲气的，她当然没有回答我这么傻的开场白，她仍旧维持着她和老墙亲密的姿势，对我这个打扰者不屑一顾。

不过，我并不气馁。

我又朝她走近了几步，将牛奶递给她："我叫曹菲，住在你楼上的楼上。"

直白的自我介绍好像起到了一点儿微弱的作用，她若有似无地看了我一眼，于是我就受到了莫大的鼓舞。

"你为什么一直站在这里啊？不进去吗？"

"你有没有吃晚饭啊？你妈妈呢？"

"你的裙子还有布鞋都好漂亮呀……嗯，那个，你也很好看。"

"哦，对了，我忘记问你叫什么名字了，你多少岁……"

"吵死了。"

谢天谢地，对于我喋喋不休的聒噪，她终于有反应了。

她皱着漂亮的脸蛋，从我手里抢过了草莓牛奶，近乎残忍地用吸管狠狠戳破了那层银色的锡箔纸，然后塞进了我的嘴里。

"你说了二十分钟的话了，口不渴吗？"

我睁大了眼睛。没有想到她除了傲气不理人之外，竟然还是个这么粗暴的小姑娘。

我虽然有点儿蒙，但还是将草莓牛奶喝完了。

她摇了摇变得轻飘飘的纸盒子，"哐当"一声，准确无误地投进了几步远的垃圾桶内，接着她潇洒地拍了拍手，似是很满意现状。

可是，我却变得尴尬和不安起来。

仿佛刚刚被她砸中的不是那个倒霉的铁皮垃圾桶，而是我自己。

因为我后知后觉地发现，那盒牛奶的初衷，好像是要送给她喝的。

"我……我，我其实，这个牛奶是要给……"

她望着手舞足蹈着急解释的我，"噗"的一声就笑弯了腰，白色的裙摆随着她夸张的动作，在空气中变得和夜风一样轻盈。

"你是不是傻呀，哈哈哈哈……"

她用手背抹去了笑出的眼泪，从长发上取下了一个白色的小花发夹："我叫尹莉莉，这个茉莉发夹送给你。"

小茉莉，其实我从小到大的朋友都很少，也从不去笃定一些什么事。

但就是在那个晚上，就是在那个我现在想起来，仍觉得温柔到快要滴出水的晚上，信誓旦旦地跟自己笃定了两个事情。

一个是再也没有女孩子笑起来，会比你更好看。

再一个就是我们俩，怕是要当一辈子的好朋友了。

2. 这个世界上，还是你对我最好了

成长这件事情对我来说，压根儿就没有什么意外。

身边所有人都确信我会安定地长大，安定地念书，安定地毕业工作和老去，包括我自己。

因为一直以来，我都太过普通了，长相平平、性格平平、身高平平、家境平平，唯一打眼点儿的，就是成绩吧。但是成绩这种东西说到底，除了会得到爸妈和老师的喜欢外，用处实在不大。

可我一点儿也不自怨自艾，也不渴望改变。相反，我安于现状，并且喜欢这种普通和平平给我带来的，也给周边的人带来的安全感。

如果非要我从乏善可陈的人生中揪出一点儿意外，那也只能是尹莉莉了。

"阿菲……"

全世界只有尹莉莉会这么喊我的名字。

一开始我也觉得别扭，因为阿菲阿飞什么的，听起来实在太像个古惑仔了，可是尹莉莉这人偏得很，决定的事情说什么也不改。

她大概是从初中开始，就会背着教导主任偷抹亮晶晶的唇彩了，虽然劣质，但抹在她脸上确实好看。

她穿着大领口的衣服，拧着眉毛跟我解释："哎呀，阿菲，像古惑仔不好吗？你要知道，我最大的梦想，就是成为大哥的女人——然后一路从清水街砍到芳草坡，怎么样，是不是酷毙了？"

"是。"我无奈地附和着她这个酷毙了的梦想，然后伸手将她滑落到肩膀下方的衣服重新扯正，盖住了她青色的内衣带子。

"阿菲，快下来，我们去吃章鱼小丸子！"

尹莉莉站在我教学楼下，挥舞着她细长的胳膊。

从小学到初中，再到高中，我和尹莉莉都是同校，不过因为总按成绩分班的缘故，我跟她之间，往往都隔了一长串的班级。

我走到她面前，还没开口说话，她就雷厉风行地拉开了被她塞得鼓囊囊的书包，像最开始塞给我草莓牛奶一样，塞了我一整怀的零食。

"我还是觉得上次那个牌子的果冻更好吃。"我轻车熟路地撕开一个包装袋。

"是吗？"尹莉莉凑了一个小脑袋过来。她的头发有种特别的香味，被风吹起的时候尤为明显，所以我总喜欢看她迎着风撩头发，一是她撩起来好看，二是我好奇，她的发丝里，是不是真的藏了一个隐秘的花园。

"是啊，这个鸡蛋布丁的味道……"

嘶，话说太多，果然会咬到舌头。

我皱着眉，舔到了那么一点儿血腥味。

好吧，老天爷，我知道了，你这是在要我闭嘴。

毕竟如此平凡和普通的我，怎么能在沾光之后，还挑三拣四不知足呢？

所以老天爷，你就原谅我的小茉莉吧。

连身处她光圈周边的我，都会变得矜贵和贪婪起来，那么何况是站在光圈正中央，享受着万千追捧的她呢？

所以你原谅她吧，人之常情呀。

但我知道，我这么干涩的话，肯定无法打动你，那么我换种方法吧，你拿去我对她的嫉妒，拿去我深藏在心底的自卑，你通通拿去——我只求你，善待我的小茉莉。

"嗯，什么？"她看我没了声音，疑惑地转过头望着我。

"没有啦。"我用力地摇摇头，朝她咧嘴一笑，决定不告诉她我和老天爷的交易，"就是，就是我觉得这些吃的其实很贵啊，他们肯定都是攒钱给你买的，你多多少少……"

"哎呀，阿菲！"尹莉莉不耐烦地打断了我，她最讨厌我替那些男孩儿讲话时的嘴脸了，"那又怎么样，他们送是他们的事，乐意贴我冷屁股呗……我又没求着他们送，谁要他们可怜兮兮地过来献殷勤了，真是的，谁稀罕？"

老天爷，我说了吧，你得原谅我的小茉莉。

她虽然残忍，但没有恶意。

我不再说话。

因为我知道，她的心早就飞向了正在比赛的篮球场。

"那我先去图书馆写作业了，你看完比赛记得来找我。"

我站在分岔路口，没有再挪动，只轻轻地朝尹莉莉挥了挥手。

"好的呢。"尹莉莉听着球场上的口哨声，眼睛里的神采越来越飞扬。她心情大好地掐了掐我的脸，带着撒娇的口气，"那阿菲——我的作业……"

"我知道，我帮你写。"我耸肩。

"耶，阿菲你真的对我太好啦！"她笑嘻嘻的，"那……"

她开始拖着语调犹豫，脸上的表情在瞬间变得羞怯和柔软。这不像她。

"我知道，我帮你送过去了。"

"真的？"她睁大了双眼。

在得到我的点头确认后，她凑上来响亮地亲了我一口，接着飞快地跑进人群中。她边跑边回头，边冲我大喊："阿菲——这个世界上，还是你对我最好了！"

　　这句话尹莉莉常说。

　　每当她被糟糕的世间折磨得满心疲惫的时候，她总会风尘仆仆地回到我身边，拖着才卸了一半的妆，懒洋洋地枕在我腿上，闭着眼睛喊我："唉……阿菲，这个世界上，还是你对我最好了。"

　　是的。

　　每当尹莉莉说这句话的时候，我都会在心里默默地认同她，然后不管我在干什么，我都会停下来，替她把落到地上的长发捞起来，轻轻地握进手心。

　　亲爱的小茉莉，你说得没错。

　　这个世界上，至少在我所认知的范围内，的的确确是我对你最好了。

　　你知道，我永远会像这栋破旧的筒子楼一样，温柔而隐忍地包容着你放纵的一切，并且从不出声责怪。

　　但我知道，你要的，从来不是家乡和肩膀。

　　你要的是远方和爱情。

3. 他又瘦又高，又酷又帅

　　一个女孩子，如果够漂亮，那么她必定会过早地遭遇爱情。

　　尹莉莉就是这样早熟的女孩子。

但别误会，她的爱情不是指那些对她摇尾乞怜的男孩儿，她有多傲气，我从小就知道，她的爱情仅指她喜欢的人。

因为只有这种人，才能在她那里，配得上爱情两个字。

尹莉莉的爱情，叫作秦远晟。

不仅不是个能带着她一路从清水街砍到芳草坡的大哥，反而还是个每周一都要在校门口冷着脸拦下尹莉莉的值日生。

他的双眼皮很深，瞳色却很浅，不算多了不起的帅哥，手倒是生得好，细长又干净，唰唰两下就在本子上写完了"尹莉莉"三个字。

然后他看着我的小茉莉，声音清冷中带着点儿无聊："高二六班尹莉莉，着装不合格，裙子太短，个人操行扣0.5分。"

就是这样的相遇，造就了尹莉莉少女时期的梦。

其实尹莉莉红着脸跟我说的时候，我是惊讶的。

我惊讶像她这么傲气又粗暴的小姑娘，竟然可以在谈到某个人的时候，眼睛里都荡漾着粉红色的柔软。

"秦远晟啊……"我念了一遍这个人的名字，"你竟然会喜欢他。"

"怎么啦！"尹莉莉龇牙咧嘴地朝我扑过来，为了她还没到手的小情人跟我据理力争，"他又瘦又高，又酷又帅！"

我笑着揉乱了她头顶的头发，问她："真的喜欢他？"

"嗯。"尹莉莉用力地点点头，拉着我的手撒娇，"阿菲……我知道你和他是同班同学，帮帮我吧？嗯？阿菲……好阿菲……"

我想，如果每个人降临在这世界上的时候，都被提前设定好了种种条件，那么组成我的条件里，肯定有一条写着，不能拒绝尹莉莉。

"好。"我无奈地顺应天意，把自己的情绪压了下去。

但我没有告诉尹莉莉的是，我认识秦远晟，比她想象中更早。

大概是在少年宫绘画班的时候？

我和秦远晟是同桌。

那时候流行玩水枪，不知道是哪个女孩子带头，说我这么难看，不应该穿和她们一样的花裙子，然后就指挥着几个小男生开始对我进行扫射。初秋的天气，我的头发还有上衣都被弄得湿答答，黏腻在身上，透着丝丝凉气。

我就是这么个没用的性格，能息事宁人绝对不惹是生非，所以我攥着我小小的拳头，憋着眼泪，蜷缩在墙角，一句反抗的话都没有。

"别弄了。"

从外面回来的秦远晟凭着身高优势，轻而易举地就夺走了水枪，声音里的温度和扫射在我身上的水柱差不多凉："我的桌子和她的靠在一起，都被弄脏了。"

秦远晟坐了下来，朝我的方向扔了一包纸。

我瑟缩着，正准备说谢谢，就看到他把他的桌子从我的桌子旁移开了，不长不短，不多不少，那条裂缝，刚刚好够埋进我的羞辱和尴尬。

"曹菲。"我听见他喊我。

"你真没用。"

我的眼泪就是在这一刻，猝不及防地涌了出来。

所以，我亲爱的小茉莉。

我不想你喜欢他，哪怕他又瘦又高，又酷又帅。

因为你们不适合。

他冷得像块冰，又锋利得像把刀。

你的花瓣那么好看，那么娇弱，他会伤透你的。

我把情书递给秦远晟的时候，他正在教室里换等会儿比赛要穿的球鞋。

他理了一个发，后脑勺的头发看起来硬硬的，感觉会有点儿扎手。

我还没有说话，秦远晟就开口了："你怎么还没走？"

"我来给你送东西。"我捏着情书的一角，慢慢地朝着他所在的方向挪动。不过几步路罢了，我却恍惚间觉得我在翻山越岭。

"什么？"他系好最后一根鞋带，抬起浅色的眼睛，认真地望着我。

我停在了原地，手愣愣地伸了出去："情书。"

他挑了下眉，并没有接过去，而是拍着篮球直接从我身边经过："花里胡哨，一看就不是你挑的。"

"这是我最好的朋友给你的！"我承认我十分不满他嘴里那个花里胡哨，至少这个词配不上尹莉莉在文具店耗费的一个小时，"她很漂亮，而且……"

"我知道。"秦远晟的脚步停在了后门边上,篮球从他手中脱落,滚去了走廊,"六班,尹莉莉。"

我的手固执地伸在半空中,因为从一开始就知道不会有什么好结果,所以哪怕只是一句简单的重复,听起来可能也像是在央求:"这是她给你的,她写了很久,你至少拿去看看吧。"

然后秦远晟就笑了,夕阳的余晖洒在他笔挺的鼻尖上。

他开始往回走,从我手里抽走了那封信,然后就像当年挪桌子一样,他把它毫不犹豫地丢进了身旁的垃圾桶,口气事不关己:"转告她,我不喜欢她。"

"秦远晟!"我是真的生气了。这世界上怎么会有这么可恶的男孩子?

"曹菲。"他慢悠悠地喊我,然后把我掉落下来的头发轻轻地挽到了耳后。他的指尖冰凉,触碰到我皮肤的时候,我不禁起了一身的鸡皮疙瘩。

"曹菲,怎么这么多年过去了,你还是这么没用?"

他又笑了,很难得的,至少我在班上几乎没怎么见他笑过。

"你就真的打算这么过一辈子吗?想说的,想做的,永远憋在心里面?"

我深吸了一口气,决定不再回答他的话。

因为他不仅行为可恶,而且还戳中了我的痛处。

他凝望着人越来越多的球场，语气里夹杂了轻微的疲惫，他问我："曹菲，你真的知道你自己想要什么吗？"

我跟你说过的吧，小茉莉。

你和这样的男孩子不适合。

可是你因为他，眼睛变得那么亮、笑得又那么甜。

我做不来坏人的，你是知道我的。

所以在你的校服被风吹得鼓鼓的，像一面饱满的船帆时，我无法喊住你。

我只能看着你欢欣鼓舞地跑向球场。

我只能看着你扬帆起航，驶向远方。

4. 完了，我失去我的小茉莉了

关于秦远晟临走时留下的那个问题，我想了很久。

好像真的没有人正式的问过我，曹菲，你想要什么？

我一点儿也不委屈，更没有责怪的意思，毕竟像我这样普通的女孩子，的确是不需要那么被斟酌着对待的。

就像刚刚班级上完体育课，所有人都自然而然地把器材往我脚边堆的时候，我才醒悟过来，原来问题，出在我自己身上。

"哎，曹菲！"一个女孩子走过来，毫不客气地拍了拍我的肩膀。

"嗯。"我认识这张脸,她是尹莉莉的同班同学,"有事吗?"

她的眼睛自始至终都盯着手机屏幕,听到我的回话后才漫不经心地看了我一眼。

"没。就是尹莉莉要我给你带句话,说今天不跟你回家了,她得和别人回家。"

我点头:"知道了,谢谢。"

我亲爱的小茉莉,你这样不好。

你要我跟你算一下,你已经几天没来找过我了吗?

不是我小气,可是这真的是我们在一起之后最长的一次分别了。

秦远晟,他真的就那么好吗?

算啦,还是我自己安慰自己吧,反正我擅长这个。

于是我毫无怨言地拖着那一筐重重的体育器材,艰难地挪到了体育馆,就在我准备掏钥匙开门的时候,秦远晟来了。

"你就不能劝劝尹莉莉?"他脸色差得跟外面的天气有的一拼,"我该说的都说了,她总这样,我很困扰。"

我看着秦远晟紧皱的眉头,下意识地就想起了尹莉莉,那天晚上的尹莉莉。

她刚洗完头发,拿着小毛巾胡乱地擦了擦,就趿拉着拖鞋跑到楼上找我,喜滋滋地拉着我的手臂摇晃:"阿菲……我听说秦远晟的妈妈是个画家哎。"

我拧亮了台灯，没有说话，因为我知道她现在需要的只是一个倾听者。

"也不是说他家境怎么样啦。"尹莉莉害羞地在空中摆着手，咬着红红的嘴唇，腼腆地笑了下。是的，没错，是腼腆。自从她开始喜欢秦远晟之后，这些女性化的词汇就能频频地套在她身上使用。

"只是阿菲……"她喊着我的名字，但我知道她脑子里想的一定是那个浑蛋，"你说，为什么他这么好，活得跟我们这么不一样啊……"

"过来。"我拍拍自己的腿，"我给你吹头发。"

是的，没错，我在逃避，并且是十分没有技巧地逃避着尹莉莉的这个问题。

因为我就是不想回答这个不管怎么看，答案都会很伤人的问题。

热风不断地从不锈钢的小孔里钻出来，然后我知道，我的小茉莉，她哭了。

尹莉莉的眼泪灼伤了我，直至今日，直至此时此刻。

于是，我的怒气噌一下就上来了，我发誓，我从出生到现在没有发过这么大的脾气。我瞪着眼前的秦远晟，夸张地提高了分贝："秦远晟，你少不知好歹了，尹莉莉她是我最好的朋友，她是那么漂亮的女孩子……"

"曹菲。"秦远晟的眉头拧得更紧了，他咬牙切齿地打断我的话，

"到底是谁在不知好歹？你要知好歹，这么多年你装什么傻？嗯？你回答我？"

"我……"

我想回答的，我甚至想上纲上线借题发挥地回答，我甚至想将这么多年在四处受到的不公和偏待都统统回答出来，可我不行，因为秦远晟，非常用力地吻住了我的嘴。

一点也不像书里描述的那么缠绵，我甚至能听到秦远晟的牙齿和我的牙齿碰撞时发出的声音，那种森然的怒意和蛮横的索取，都是他在告诉我，他恨我。

他恨我的懦弱，恨我的胆小，恨我的处处忍让。

他恨我没用。

我抽泣着推开了秦远晟，然后我在他身后，看见了我的小茉莉。

尹莉莉用一种很微妙的表情看着我，对，是我，只有我，不是我和秦远晟。

"莉莉！"我慌了，我甚至开口喊她莉莉了，带着求饶的味道，平常我从不省略掉她姓氏的，因为我喜欢完整地、一字一句地喊她。

"莉莉，不是这样的。"我哽咽，不得不说出一些烂俗的台词，"你听我解……"

秦远晟没有任何征兆地就把我拉到了他的身后，他背对着我，我看不到他是用什么表情面对着尹莉莉。

他很干脆："尹莉莉，你问了好多天我心里的那个人是谁，你说不管是何方神圣，你都要把她杀了，然后取而代之。那我现在告诉你，我喜欢的是曹菲。"

完了。

这是我的第一反应，我藏在身体里那么久，用血和肉包裹得那么好的炸弹，在这一秒，被人找到并且引燃了，"轰"的一声，它炸出了我所有的眼泪。

也炸伤了我，和我的小茉莉。

我听见尹莉莉非常凄惨的笑声，然后她轻轻地说："既然是曹菲，那我无话可说。"

完了。我失去我的小茉莉了，她甚至不愿意再喊我一声阿菲。

5. 唉……阿菲

后来，尹莉莉搬出了我们那栋楼。

这一点儿也不意外，本来像她那么漂亮的女孩子，就该住进和她相称的地方。

再后来，她连学都不来上了。

秦远晟替我打听了很久，才弄到她的住址，是全市最好的小区。以前我和尹莉莉回家的时候都会路过那儿，在夕阳的笼罩下，那里像一片无忧的城堡。

她曾经指着那栋最高的楼，满脸憧憬，她说："阿菲……迟早有一天我要住进那里，我要重新活一遍，变成新的我。"

小茉莉，你做到了。

你甩去了你妈妈的阴影，你甩去了筒子楼的破旧拥挤，你甩去了不算情伤的情伤，你甩去了好多东西，其中也包括我。

最后你摇身一变，如愿以偿地变成了新的尹莉莉。

可我还是那个我，站在你房门外，甚至不敢按下门铃。

最后，我还是决定放弃。

我慢慢地朝着外面走，却不想迎面碰上一个男人，说不上老也说不上年轻，戴了副金丝眼镜，手腕上的表一看就很贵。

我犹豫了会儿，不敢同他说话，也不敢去猜想他和尹莉莉的关系。

秦远晟给我的地址是九楼，独门独户，他一定和我的小茉莉住在一起。

我望着他掏钥匙的背影，忍了很久的难过终于决堤。

我跑回去，像个疯子般扯住了他的手臂，眼泪大颗大颗地掉在他提着的塑料袋上，里面都是些新鲜的水果。我没办法不哽咽，我告诉他："莉莉对桃子过敏，你别……别买给她。"

那个男人望着我，很宽容地笑了一下。

说实话，很好看。我直觉我的小茉莉和他之间，说不定真的会有爱情发生。

"你是曹菲吧。"他的声音也好听。

我愣愣地点头，紧张地屏住了呼吸。

"莉莉出去玩了，她鬼灵精怪的，也没告诉我要去哪儿。"男人给我递来一个录音机，"不过交代了我，如果曹菲来找她，就把这个交给她。"

我伸手接过，连口水都没来得及喝，就抱着那个录音机一路跑回了家。

我颤抖地按下最中间那个扭。

"咔嚓"一声，我听到里面传来尹莉莉的叹息声，近得似乎就在耳边。

她说："唉……阿菲。这个世界上，还是你对我最好了。"

走。纪柏舟。我走。
天涯海角，我都跟你走。

———————•———————

CHUNFENGJI
ZHAIXINGXINGDEREN

写给你的
一百封信

\

我给你写了好多信，浩浩荡荡几十万字。可惜最
后你看到的，不过寥寥数语。

1.[第九十二封信]

现在是北京时间，二十一点三十七分。换成我习惯的说法就是，九
点半。

九点半了，纪柏舟，我猜你现在一定已经到家，准备写厚厚的卷子
或者打算去洗澡了。

虽然不知道你现在对我的事还有没有兴趣，但这是我的信，我写什
么都可以。

所以我还是要告诉你，我现在的情况，有点儿糟糕。

我已经让四个来问话的警察对我束手无策了。

不知道是我爸打点好了关系，还是我头上未成年三个字带给我莫大

的庇佑，总之，他们眉头紧皱，但一句呵斥的话都没有，甚至看过来的
眼神还带了点儿怜悯。这可跟我以往看的电视剧不一样——我以为，他
们把我从血淋淋的事发现场带到这里的时候，至少会凶神恶煞地给我戴
个手铐的，但他们没有，他们甚至还给我点了一份外卖。

　　可我没有动筷子。我的手背蹭着那两个泡沫餐盒，隐隐约约地，我
好像感觉到了里面硬掉的米饭和结成油膜的菜汤。没闻错的话，应该是
芹菜炒牛肉。天哪，我最讨厌这个菜了。

　　但纪柏舟，糟糕的不是这道倒霉的菜。我说的糟糕，是指我头顶那
盏过于惨白的灯。从我进来到现在，快三个小时了，它就这么一直盯着
我，在黑漆漆的审讯室里一直这么死死地盯着我，好像我——好像我真
的十恶不赦一样。

　　你没错。我咬着牙，这么告诉自己。
　　为了配合这句话的决心，我甚至还挺起了我受伤的脊背——不是拜
今天那场所谓的校园暴力所赐，是最后躲避警察的时候我太过慌张，一
不留神撞上了奶茶店玻璃门的不锈钢扶手。
　　纪柏舟，你看，其实我也不是那么像个坏人的。至少在跑路这方面，
我还欠缺点儿实力。
　　我舔了舔干涩的下嘴唇，抬起眼睛看向了那个本该有人，现在却空
空如也的位置。我之前就说过的，我把来问话的几个警察都给气跑了。
　　快三个小时了，纪柏舟，我沉默了整整三个小时，我的沉默打败了
那些不能对我硬来的人民警察，但我并没有从中感受到一丝丝坚守成功

的喜悦。他们是走了，可我头顶的那盏灯还在继续审视着我，它精明干练又洞悉一切，所以它知道我的，它知道我迟早要说出那些事实和动机，同时，它也知道我，就是个十恶不赦的小魔头。

很快，审讯室里又进来一个警察。高高瘦瘦的，帽檐压得很低。

"你好。"他坐在我刚刚一直盯着的位置上，将警帽摘了下来，"我叫余扬。"

我笑了笑，这应该是我进派出所之后露出的第一个笑容。

为什么要笑呢，我想来想去，终于找到了一个适合的理由——他没有一开始就问我为什么打人，而且他还做了一个自我介绍。虽说只是这么一句话，但就是这么简单的几个字，就足够抚慰我现在少得可怜所以尤为矜贵的自尊心了。他没有把我当成犯人，也没有把我当成小屁孩儿，这两点让我舒心。所以我对这个叫余扬的警察有好感。所以我对他笑。

"你想知道我为什么打人，是吗？"我心情好了很多。

"还好。"他拿起了桌上的钢笔，但没有旋开笔盖，"我是临时被同事们拖过来的，未成年的案子不归我管，所以你说不说，对我影响不大。"

"你怎么这样？"这时候我才发现他的黑眼圈有些严重。

纪柏舟，我突然又想起了你——不对，不是突然，你是一直住在我脑子里的，只是看我什么时候将你拿出来而已。你的眼皮子底下，最近也是重重的青色，你说等熬过高三，考上好大学之后就不会那么辛苦了。

可是纪柏舟，你看，我眼前的这个警察，应该也是很好的大学毕业的，不仅如此，他还有份很好的工作，可为什么他看起来也还是很辛苦？或者说，人生的辛苦，其实压根儿就没有尽头？

我决定了，等我从这个黑漆漆的地方出去，我一定要打个电话给你——如果你肯接的话。

"你就不怕你同事说你？"

"不怕。"这回轮到他笑了，"他们都知道你很棘手。"

"嘁！"我撇了撇嘴，莫名其妙地，心底居然有一点儿自豪和窃喜。纪柏舟，如果你看到这里，肯定会觉得我没脸没皮，彻底没救了吧？唉，随你。反正我说的是，如果。

"余笙。"他突然字正腔圆地喊了一声我的名字。

"在。"我不由自主地也跟着他变得严肃起来。我有预感，接下来他要跟我说一些正事了。

"我对你为什么要打人兴趣不大，虽然你在学校一直劣迹斑斑但从来没有伤过人，这次一定是事出有因。但是……"他顿了顿，更加认真地看着我，"你想知道那个被你打进医院的女孩子，现在情况如何吗？"

我摇头，清清楚楚地听见自己说："不想。"

"好。"我的回答好像并没有让他感到意外，他耸耸肩，笑着将钢笔放回原处，"问话结束。"

"哦，对了。"我叫住正要离开这个审讯室的余扬，"你刚说你不管未成年的案子，是不是？"

他点头，若有似无地扫了眼墙上挂着的钟："怎么？"

"那你能告诉我你最近忙的案子是什么吗？"我顿了顿，想拿捏出一副更诚恳和更成熟的语气来证明我绝对不是闹着玩儿的，"我想知道。"

"不能。"显而易见，我的诚恳和成熟没有起到什么作用。余扬拒绝得很干脆。

"那……"我犹豫了会儿，决定使出撒手锏，"我跟你换。我告诉你我为什么打人和打人的经过，你大概告诉我你在忙什么就行。真的，我现在坐在这里，真的太无聊了。"

然后我感觉我头顶的那盏灯，慈悲而缓慢地闪了一下。

我继母把我从派出所里带出来的时候，已经快十一点了。

纪柏舟，这个点，你应该已经在做那些特别难、分又特别多的大题了。你真没意思。可偏偏我就是喜欢这么没意思的你——这么一说，我就觉得其实我自己才是最没意思的那个人。

于是我咂咂嘴，有些沮丧地问："我爸呢？"

"在公司开会。"她将车门打开，示意我进去，"再说了，有空闲时间也不会来捞你，多丢脸。"

"哦。"我坐在副驾驶座上，没有再回嘴。

倒不是因为我怕这个挂着我继母名义的女人，也不是因为我今天累到不想再惹任何麻烦上身，我只是，我只是——看到你了，纪柏舟。你是唯一一个，能让我柔软下来的人。

可是车开得太快，我甚至都来不及按下玻璃跟你说几句话，你就在我眼前消失了。

所以我只能在一片夜色中闭上眼，开始回忆那秒钟的你——藏青的书包、抿成一条直线的薄嘴、被细碎的刘海儿差不多遮住的眼睛。你本来说今天放学后要去剪头发的，可是你却带着你的自行车，出现在派出所的斜对面。

纪柏舟，你知不知道你望着那栋楼的样子，很像一座沉默的雕塑？

你肯定不知道。所以我的眼泪唰地就流了出来。

我觉得自己莫名其妙，明明不是个爱哭的人，明明挑事打人的是我，明明在派出所里遇到一个比较有趣的警察，明明你还站在对面担心我。我压根儿就没有受任何委屈，我哭什么呢？

可是纪柏舟，我请你——不，就当我求你了，你别怪我。好不好？

2.[第五十七封信]

纪柏舟，我醒了。

我很想听听你的声音，哪怕听你骂我也行，可我不能这么做。

现在是深夜两点过七分，我不能吵到你休息，你是模范生，是不可以迟到的那种人——尽管我知道你过了十一点之后，手机就会调成飞行模式。但在我心中，这并不妨碍我为你着想。

就在我打开房门准备下去找点儿东西吃的时候，初一灵巧地从门缝里钻了进来，它没有叫，只是乖巧地舔了舔我裸露的脚背，像是在告诉我，它也没睡着。

"初一。"我拖长音调喊它。我有种奇怪的执念——我觉得我跟它说话的时候你也可以听见，所以我一喊它，就情不自禁地放软声音，"你饿吗？"

初一是只有点儿呆的流浪猫，它当然不会正儿八经地回答我，但不出声就当默认了。于是，我笑着抱起了初一。它的右后腿有点儿毛病，上下楼梯不太方便。

"走，我们去客厅吃东西。"

我窝在客厅的沙发里，一边看着初一吃吐司，一边想你。

哦，对了，纪柏舟，虽然我每天都跟你说着无数的话，但我好像真的还没在你面前提过初一吧？既然如此，我就问问你，你知道初一为什么要叫初一吗？

还来不及想象你的反应，我就先被自己给酸倒了牙，这问题未免也太别扭了。其实我想问的不过是——纪柏舟，我们认识那么久了，你还记得我们第一次见面时的场景吗？

那天是九月初一。文理分科后的第一天返校。

我迟到了，但我一点儿也不慌张，因为我对如何悄无声息混进开早会的人群中这件事，实在是太熟悉了。可我没有想到，从食堂后墙翻进校内的那一瞬间，我竟然看到了一只花白的流浪猫站在我的面前。

为什么要用"竟然"，是因为我一直以来，都特别害怕有毛的动物。

我要去操场，就必须从眼前这条巷子里走出去，可这条巷子只有一人宽，除了经过那只猫，我没有别的选择。我站在原地，欲哭无泪，但那只猫却没有一丁点儿提前退场的自觉，反而还懒洋洋地趴在了地上，舒适地扫起了它细长的尾巴。

于是我和它，一人一猫，就这样在狭窄的巷子里形成了一个奇怪的对峙。

"同学。"

这是你跟我说的第一句话，虽说十分普通，但放在偶像剧里，至少也是一句百听不厌的开场白。可惜了，纪柏舟。我当时压根儿没想这么多，我的注意力全在那只猫身上，我正在心中夸张地祈祷它下一秒就消失在巷子里。接近三十摄氏度的天气里，我手心里细细麻麻的，全是冷汗。

纪柏舟，你不知道，其实后来我也想过，在我被初一吓得两腿发软动弹不得的时候，是不是只要有个人出现，我就会把他奉为拯救我的英雄，我就会二话不说地喜欢上他，我就会认认真真地把他放在如今你的位置上。纪柏舟，你别笑话我，关于这个问题，我是真的困惑过。

"操场正在开早会，你不去没关系吗？"

科学证明，疑问句更能抓住人的注意力。

没错，我抬起眼睛看向你，就是在你说完这句话的时候。

哪怕到了现在，我也还是没办法很好地形容，当时我见到你的感受。

你很高，身形偏瘦，夏季校服穿在你身上——好吧，其实更像是挂在你身上，可不管是穿还是挂，你都是我在这个学校见过的，把校服穿得最好看的人了，没有之一。

"你需要帮助吗？"你又丢了一个疑问句过来。

纪柏舟，说真的，当时你要是再温温吞吞地对我礼貌几句，我可能真的就要掉头拼一把，看能不能在没有任何辅助物的情况下翻出那道墙了，还好你立马对我宽慰似的笑了一下。

"我会帮你的。"

"嗯。"我费力地点头，强迫伸出手去指着那只猫。

"哦，你怕那只猫？"你随着我的动作看了过去，不像我这么没爱心，你眼里的神情是实打实的柔软，"你等等，我很快就回来。"

我继续点头，就这么眼睁睁地看着你走了。

说来也奇怪，纪柏舟。我竟然那么相信你，我一不知道你的名字，二不知道你的班级，可我当时就是特别信你。你说你很快就回来，所以我就巴巴地盼望着你。

果然，你又回来了，手里还多了一袋吐司。

你故意将开吐司袋的声音弄得很大，塑料声**窸窸窣窣**的，又扎又挠。平常我最讨厌这种声音了，但那次，可能是因为我清楚这声音是来救我的，或者又因为这声音是从你手指间发出的，总之——我没那么讨厌就对了。

"乖。"你在喊那只猫,语气里依旧是满满的柔软,然后你蹲下来,细心地将吐司撕成了好多块,接着再一块一块地放好,一直从猫身后延伸到了巷子外,"快过来吃东西。"

我真的没有想到,纪柏舟。我没有想到你会用这么温柔的方式,把我救出来。

"猫都走了,你还不出来吗?"你笑着看向我,没有一丁点儿不耐烦。

"我……"我瘪瘪嘴,看见你对我笑,就没来由地觉得委屈.尽管那时候我们还不熟——不对,我们那时候压根儿就是陌生校友,"我腿软,走不动。"

你听完我这句话,好像皱了眉,又好像没皱眉。不知道是因为我终于逃过一劫还是因为你刚刚朝我笑了,总之我那瞬间晕晕乎乎的,看不清你的脸。等我反应过来的时候,你就已经走到了我的面前。你朝我伸出手,说道:"走吧。"

纪柏舟,那一刻,我没有办法不对你动心。

以至于后来,我都梦到过很多回这个场景——狭窄的巷子里,你背对着夏末秋初的阳光,空气中好像还残留着全麦吐司的香味,你站在我面前,向我伸出你的手,它匀称好看,经脉微凸,年轻有力,你将它伸到我的面前,然后你对我说,走吧。

走。纪柏舟。我走。天涯海角,我都跟你走。

"笙笙，这么晚了你怎么还没睡？"

好吧，纪柏舟，我听到我妈妈的声音了，所以我的回忆得告一段落了。

她疲惫地坐在我的对面，向来一丝不苟的头发此时随意地散落下来。客厅里的气氛突然就变得很微妙，甚至连初一都停止了进食，她盯着我："笙笙，我和你爸爸，要离婚了。"

我顿了顿，不知道是该笑着说没关系，还是哭着求他们不要离婚，或者说出我的真实想法——就是我十点多在电话里跟你讲的那些。

"他们真的要离婚了。"我抱着初一在床上看漫画，因为你，我克服了天生的恐惧，"这回是真的。"

"余笙。"你在电话那头喊了我一句，"不要太难过。"

"我不难过。他们吵了那么多年，他们不累，我都累了。"我咬了咬下嘴唇，再次重复，"纪柏舟，我真的不难过。"

"好。"然后你沉默了好几秒，就在我以为你是不是把电话挂了的时候，你才接着说，"余笙，不管怎么样，我都会站在你这边的。"

你的嗓音干净低沉，在夜里显得格外有磁性，特别，特别是说出刚刚那句话的时候。

我翻了一个身，把脸埋进了枕头里。纪柏舟，我真的很想问你，你是不是也有点儿喜欢我？

我回到了自己的房里，刚进门就想起我把初一落在客厅了，正准备再下去一趟的时候，就看到它可怜兮兮地出现在我房门口。

我蹲下来，揉了揉它的头。纪柏舟，你知道为什么叫初一要叫初一，而不叫九月吗？

因为一年只有一个九月，却有十二个初一。

我就是尽可能的，想要多多地见到你。所以哪怕文理不在同一栋教学楼，我们的体育课从来排不到同一个下午，甚至连吃饭，你都只去我以前从来不去的食堂一楼，可是又有什么关系呢，只要你轻轻一笑，对我说一句——嗨，余笙，这么巧。

那么我做什么，就都值得了。

哦，还有，纪柏舟，关于我之前提到的那个疑惑，我想清楚了。

那个出现在巷子口，用吐司解救我的人，必须是你，不能是别人，就必须是你。

因为只有你，才是这个世界上，最温柔的人。

其实在刚刚那通电话里，我就想告诉你的。

可是十一点到了，你的手机该调成飞机模式了，所以我这段话就硬生生地憋在了胸口，可能——可能这就是我今晚失眠的原因？

写到这里，我腿上的初一突然冒出一个头，肉肉的爪子精确无比地拍在了你的名字上。

纪柏舟，你看，我没有想你的，是初一这家伙在想你。

3.[第九十六封信]

纪柏舟，今天是高考动员大会，按理说我已经可以回学校了，但是我还不想回去。

而且我还瞒着你去看了梁又雪——就是那个被我喊人打进医院的，你的青梅，梁又雪。

"余笙？"让我尴尬的是，梁又雪在看到我的时候，声音里居然有一种惊喜，"你怎么来了？"

"嗯。"梁又雪的病房是最普通的大拼房，换句话来说，就是那种最便宜的病房。病房里很挤，到处都是人，我找了好半天都不知道该往哪儿坐，各种气味交杂在一块，让我忍不住皱眉，"你为什么要住这里？"

"什么？"她的嘴角还有瘀青，我有些不忍心看。

虽然我没有动手，但那些女孩子毕竟是我请来的。

"我爸爸赔给你家那么多钱。"我停顿了一下，我不知道怎么说才显得我不是在奚落嘲讽她，"你可以住更好的病房。"

"哦，你说的是这个。"还好她看起来没有想太多，"我家里还有一个准备考高中的弟弟，成绩不是很好，留点儿钱比较好，万一到时候需要呢？"

"对不起。"纪柏舟，你没看错，是梁又雪在给我道歉，"让你看笑话了。"

ZHAIXINGXINGDEREN
摘星星的人 ///134

我下意识地摇头，可是没有起到什么作用。

因为梁又雪没有看我，她的眼神直直地落在她正在输点滴的手背上："我们就是这样活着的，就是这样的。包括纪柏舟。"

"梁又雪。"我想把话题扯开，我受不了她这副悲戚的样子。自私一点儿说，她悲戚可以，但我不愿意她扯上你，"你不要……"

"余笙。"可是她打断了我，她再次把眼神挪到了我的脸上。她认真地看着我，口气诚恳，"你还是死心吧，纪柏舟不会跟你在一起的。"

纪柏舟，要是换作以前，我一定会特别生气的。

我对你一见钟情，半开玩笑半是认真地追了你两年，选了一个风和日丽的好日子向你表白，你干脆地拒绝了我。然后我发现你有一个亲密的青梅，于是我迁怒到她，喊人把她狠狠地打了一顿。最后因为闹得太大，我进了派出所。这就是全部的"以前"。

纪柏舟，这不是个轻松的活儿。但我也不敢找你邀功，说我真的放下你了，不信你看，我把这一切都划成了"以前"。因为我心虚，因为我到今天，都没办法忘记那天晚上你出现在我家楼下的场景，所以我也不敢回学校见你，所以我宁愿来看梁又雪。我怕我一看到你，又会哭。

那天晚上，差不多快十二点的样子吧。我听见我的手机响了。

看到来电显示是你之后，我很惊讶，我真的以为这辈子你都不愿意再理我了——从派出所出来的当晚我就给你打电话了，可是你没有接。

"纪柏舟。"我憋着一口气站到了你的面前，不知道为什么，我很紧张，紧张到我都不敢看你的脸，所以我只好盯住你白色的球鞋，重复地喊你，"纪柏舟。"

你来找我，估计也是冲动使然。因为我能感觉到你也有些无措。你抬起了手，似乎是想要拍拍我的头，或者揽一下我，反正总不可能是为了梁又雪要来还我一巴掌吧——当然了，这些我都是看的地上的影子。

可到最后你什么也没干，你的手在空中犹豫了一两秒，最终还是放下了。

"余笙。"你喊我，口气里满是疲惫。

我心一惊，眼泪就开始往下掉。我真是恨死这个在你面前莫名其妙的自己了。我其实是个特别硬气的姑娘的，两辆警车停在我面前我眉头都不皱一下，可是你一喊我，我就想哭。

我抬头看你，不过两个星期左右没见，你怎么就瘦了那么多？

"纪柏舟……"我实在不知道该跟你说什么。我那时候的样子一定很蠢吧，穿着花里胡哨的睡衣，脸上挂着眼泪和鼻涕，支支吾吾的，只会喊你的名字。

"你为什么要打梁又雪？"

"你明知故问。"

"余笙。"我听得出你有点儿生气了，"是你明知道我不喜欢梁又雪，却还要去打她。"

"那你喜欢谁？"我知道这不是你来找我的重点，但我就是下意识地脱口而出。

　　果不其然，你的脸色变得更加微妙了。

　　"我不喜欢任何人。"你顿了顿，认真地看向我，"我跟你说过的，我现在只想着高考。"

　　"那高考之后呢？"我不依不饶的样子我自己也觉得很讨厌，"高考之后，你就会喜欢我吗？"

　　"余笙。"你无奈地看着我，"我……"

　　"你看。"我笑了笑，把再次涌到眼眶的热意压了下去，"这根本就不是高考不高考的问题。纪柏舟，你就是不喜欢我。"

　　"余笙。"你握住了我的手臂。说实话，纪柏舟，你用的力气有些大了，我觉得疼。

　　"你说得对。这根本不是高不高考的问题，高考完了我也还是不会跟你在一起。"你顿了顿，"因为我们，根本就不是一个世界的人。"

　　"你放屁！"我恶狠狠地瞪着你，我就知道你一直介意着这些，当你知道你的贫困生补助金来自本市优秀企业家余天政——也就是我爸爸的时候。

　　"听话，余笙。"纪柏舟，你的眼圈也红了，你知不知道？

　　"当我知道你喊人打了梁又雪的时候，我的确很生气，可是生气之后，我更担心你在派出所里会不会受委屈。余笙，我知道你喜欢我，可是你要乖，你不能把对我的喜欢变成伤害别人的理由。喜欢，是一件非常好的事情，特别——特别你又是这么好，这么可爱的一个女孩子……

天，我在乱七八糟的说些什么呢，我有什么资格跟你说这些……”

纪柏舟，你的声音越来越小，我都快听不清了。还有，你的眼泪，看起来好烫。

“你真的不喜欢我吗，纪柏舟？”我跟自己妥协。就问这最后一遍。最后一遍。

你没有再说话，也没有摇头或者点头。你只是，很用力地把我抱进了怀里。

纪柏舟，我从来不知道你有这么大的力气——不对，我的意思是，我从来不知道，像你这种书生气的人，也会对人使出这么大的力气。说“抱”都有点儿牵强，因为你几乎是蛮不讲理地把我勒进了你怀里，你的手掌按在我的后脑勺儿上，而我，必须得咬住你的外套，才不至于哭出声音。

纪柏舟，你好高，你挡住了我好多的月光和灯光。可是你也在颤抖，你的眼泪也没有停过，它们一滴一滴地落在我的头发、耳背和脖颈上。你不断地在重复，对不起，余笙，对不起，余笙。

真奇怪，纪柏舟，明明是我任性地做了坏事，你跟我道什么歉呢？

我闭着眼睛，手紧紧攥着你的衣角。

不骗你，纪柏舟，那一瞬间，我真的想过，干脆我们就这么抱到天荒地老，抱到死好了。

在你怀里的那分钟，是我活到现在，最漫长的一分钟。

因为它让我彻彻底底地懂了——什么叫作残忍，什么叫作绝望，什么叫作缠绵。虽然我们还小，但我笃定，以后不会再有这样的感受了。至少对我来说，是这样。

"是啊。"我在梁又雪惊讶的目光中，对她笑了笑，"我知道纪柏舟，不会和我在一起。"

我说得没错吧，纪柏舟？

4.[第一百封信]

嗨，纪柏舟，我是余笙。

这是我给你写的第一封信，写信真麻烦，还得要邮票跟地址，所以我干脆顺手塞你家门底了，你放学回来的时候就能看见。

我想了很久，还是觉得该跟你道个别。要是你方便，再帮我向梁又雪道个歉。

祝你一切顺利。嗯，其他的，也没什么要说的。

行，那就先这样吧，我走了，再见。天涯海角，总会再见。

五幕戏

这个世界麻烦事太多了，你不要当它的上帝。你来当我的上帝。

1.[安宁] 你将永远年轻，又好看

下午，在我帮三十四床换完点滴带上门的时候，走廊上的时钟已经指向了四点整。

我推着药品车站在原地，望着那三根粗细不一的针摆，一下子就慌了神。

"那个……安宁啊。"

我听见有人叫我。

我循声看过去，发现是护士长和同事吴瑶瑶，她们一前一后地站在离我三步远的地方，小心翼翼地看着我。

说实话，她们这样的表情让我有点儿为难，因为再愚钝的人都看得出来——她们害怕跟我交谈，但不得不喊住我。

“护士长好。”我也别无他法，只能用笑容来降低她们的不安。

很多患者都跟我说过，特别喜欢我的笑，好像我笑一笑，针剂和药丸都显得不那么可怕了。别误会，我没有拐弯抹角来夸自己漂亮的意思，况且，挣扎在生死边缘的人是没有心情去称赞谁的，哪怕天仙下凡，他们也只渴望科技和奇迹。

“那个安宁啊，你今天提前下班吧，没事。”护士长看到我笑了，也只好扯着嘴角跟我一起笑，表情比之前还要拘谨，看来能安抚病患的笑容在护士长面前并没有起到什么作用，“不记你早退，你不是……不是还有事吗……”

“是啊，安宁姐，你先走吧。”吴瑶瑶眨巴着大眼睛，举起三根手指保证，“等会我帮你巡房，我发誓，绝对绝对不会搞砸的！”

“那好。”我向来是个拎得清的人，她们盛情难却，我再推托，就显得不像那么回事了，“剩下的，就麻烦你们了。”

“哪里，同事之间相互帮助都是应该的。你路上注意安全。”

对话已然接近尾声。护士长像是做完了一场生死攸关的大手术般，在灯光熄灭的那瞬间，满心疲惫却又如释重负地笑了笑，不同于之前为了配合我而牵扯出来的弧度，此刻的笑，她是发自内心的。我知道。

也好。

我洗干净手，走进了更衣室，开始换便服。

其实让我早点儿走也好，天知道我最怕的，就是为难别人了。

哪怕我什么都没有做，只是本分地守在我的岗位，安安静静地做着我的事，但就是这样，只要我这个人在，就足够让大家焦灼不安的了。

没办法。谁叫我，谁叫我——变成了他们口中的"怎么就那么惨呢"。

今天五月十七，周二，晴转多云，没有撞上举国同庆的节日，也不是谁的生日。

它简简单单的，非常纯粹，就是我们医院外科医生顾予淮的追悼日。

追悼一个和我不同科室的年轻医生，自然不会将我衬托得有多惨。那如果我说，顾予淮这个人，他是我交往了四年的男朋友呢？那如果我再说，我们本来打算国庆订婚，戒指都已经挑选好了呢？

是吧。你肯定也和大家一样，先是倒吸一口凉气，然后不管你跟我熟不熟，你都会有点儿怜惜地看着我，嘴上说着节哀，心里则在感叹，天哪，这姑娘，怎么就那么惨呢？

顾予淮死在电影院的最后一排座位上，是散场的时候，被打扫卫生的阿姨发现的。

那天是五月九号，路两旁的樱花开得很好。

我去医院上白班，而他刚值完夜班准备回家睡觉，在电梯里我们还打了一个短暂的照面，我跟他说厨房里热着饭，还有他最喜欢吃的清蒸鲈鱼，他笑着跟我点头，冰凉又细长的手指扶正了我的护士帽，跟我说了一声再见。

然后，我和顾予淮果然又见面了，甚至比我想象中还要早上一两个小时。

　　如果在停尸间的见面，也算见面的话。

　　顾予淮很高，那块白布没办法完整地盖住他，于是他的头发和皮鞋都裸露在了惨然的白炽灯中，和停尸间的冷气一起，没有任何商量地，就将我森然地包裹起来。

　　我愣愣地站在原地看着他，可能五分钟，可能十分钟，也可能更久，直到身边的同事都开始催促我时，我才迈开步伐。

　　不是我害怕，也不是伤心过度，更不是不愿意去接受这个现实。我只是在思考，我到底要以什么样的表情、什么样的姿势、什么样的速度走向顾予淮。生死在我眼中，是一个非常神圣的仪式，这种神圣不会因为我工作性质带来的生死频繁就让我觉得麻木不屑，它仍旧在我心中占据着至高无上的荣光，况且——躺在那里的，是顾予淮。

　　我不能随便对待。

　　可是我身后那些只想着看一场年度催泪大戏的人，他们不懂。

　　他们也永远不会懂。

　　我稳住我的呼吸，轻轻地掀开了那块白布。

　　顾予淮的金丝眼镜被人摘掉了，日积月累地，脸上和鼻梁处还残存着一些戴眼镜留下来的痕迹，就算如此，他也还是一如既往的好看。

　　我的手慢慢地抚上他冰冷的脸颊，一遍又一遍。我当然不会天真的希望我此时的举动可以感化老天爷，可以让顾予淮死而复生来创造一个爱的奇迹，我只是在用我的方式跟他告别。我在心中一遍又一遍地跟他说，多好，哪怕以后我变成白发苍苍满脸皱纹的老太婆，你也还是这么年轻好看。顾予淮，你说，这多好。

但这不是重要的，重要的是，我另外一只手上拿着的死亡报告。

顾予淮死于服用安定片过多，很明显，他是自杀。

他认真地值好了最后一个夜班，也特意挑好了电影院最后一排位置。听电影那位阿姨说，顾予淮位置的扶手上还整整齐齐地放着爆米花和可乐，他看的是一个上座率非常低的商业爱情片，不过我猜他肯定没有看到结局，还有——还有那个绝对不能被忽视，他一直握在手心里的塑料药瓶。

顾予淮不仅是自杀，而且还是蓄谋已久的自杀。

他成功了，我祝贺他。所以，我从头至尾，都没有掉过一滴眼泪。

等我赶到殡仪馆的时候，追悼会已经开始十几分钟了。

我的位置在很靠前的地方，现在已经没有办法从前门进去了，所以我只能硬着头皮从后门闯进这个悲悯又庄重的世界。后排的人明显被我的推门声影响到了，我听到好几个不满的叹气声此起彼伏，不是那种自怨自艾的叹气，而是那种你正在做什么事情，你正觉得甘畅淋漓呢，可是冷不丁地，就被人硬生生地打断了，于是你十分不爽快地，发出烦躁的叹气声。

但是还好，在他们看清楚来者是我的时候，脸上的表情都柔和了好几个度。

托你的福了，顾予淮。让我在瞬间就被原谅的同时，还得到了亲切的问候和关心。

追悼会很快就结束了。

毕竟顾予淮的这一生太过短暂，司仪绞尽脑汁也没办法把悼念词撑到四十五分钟以上。

人群渐渐地散得差不多了，顾妈妈送走了最后一批客人后才朝我走过来，顾予淮和我说过的，他妈妈特别喜欢我，然后他顿了顿，又笑，说其实我们宁宁这么好，全世界都该喜欢的。

顾妈妈今天化了很浓的妆，但是也没办法掩盖掉她憔悴疲倦的脸，她的手像抓住最后一根求生稻草般紧紧抓住我，还没开口眼泪就开始往下掉。

"顾阿姨。"我扶着她坐下，轻轻地拍着她的后背顺气，"房子里予淮的东西我都收拾好了，用过的、没用过的，都收拾好了，最后怎么处理，还是看您二老的意思。"

"谢谢你了啊，安宁。"顾爸爸走了过来，手里还拿着在宾客那里没有发完的香烟，"其实很多事都是你一直在忙，你阿姨身体也不好，整天哭哭啼啼的，还是多亏了你在这里帮着我。"

"叔叔、阿姨，你们就不要跟我客气了，我跟予淮……"

"这位就是顾予淮先生的未婚妻，安宁安小姐？"

我的话被打断，但我无暇去思考这个发问者是不是来得有一些唐突或者失礼，因为在他的声音出现在我耳边的那瞬间，我感觉有一大片汪洋迫不及待地涌向了我，它们蛮横又热情，但我毫无防备，我只能任由那些不讲道理的浪花，把我冲得四肢发软。

我回头，想努力地从那片汪洋中看见发问者的脸，但遗憾的是，我的浪花后遗症还没好，我仍旧头昏脑涨，所以我只能看得见他袖章上的，中华人民共和国警察和一串数字编号。

"哦，余警官。"顾爸爸赶忙递了一根烟过去，话里带着些生疏的客气和隐约的小心，"你什么时候来的？这……我们居然都不知道。"

余警官？

我仔细地想了一下，在我的印象中，顾予淮好像没有跟我提过他有个警察朋友或者亲戚。

"刚到没多久。"那位余警官离我近了点儿，他摆了摆手，虎口处好像有一颗淡色的痣，"谢谢，工作时候不抽烟。"

"哦，好，好，这样才好。"顾爸爸应和地笑着，把那根尴尬的香烟又重新放回了盒子里。

我收回目光，再次挨着顾妈妈坐下，很小声地问了句："阿姨，是不是发生什么事了？"

"安小姐还不知道？"那位余警官对我的疑问似乎有些意外。

"安宁啊，叔叔给你说一下，就是予淮虽然是吃了安眠药自杀，但是后面警方又查出了很多蹊跷的地方，觉得可能没有那么简单。"顾爸爸看了看还在垂头落泪的顾妈妈，叹了口气又接着说，"我和你阿姨都被问过话了，还有一些跟予淮关系好点儿的朋友。就剩你还没……"

突然，一直没说话的顾妈妈更用力地握住了我的手，这时我才注意到上次陪她去做的指甲，现在已经脱落得不成样子了。

"我和你叔叔就是心疼你，你多好的孩子啊，难道还会有什么事瞒着我们大人不是？肯定连你也是不知道的，本来你和予淮在一起，就是他在拿主意，你工作又那么忙，我就不太愿意你还被我们顾家打扰着，本来就是他对不起你。"

"总而言之，顾予淮不一定就是表面上的自杀，已经立案了，现在在侦查阶段。"

那位余警官好像有那么点儿不耐烦了。也对，并不是每一个人都能享受得住这种拖泥带水的人情味，更何况，在他眼中，这根本就是一件早办早了事的公差。

"安小姐不忙的话现在跟我回一趟局里，做一下笔录，很快，行不行？"

我笑着站了起来："既然是为了予淮的案子，那我肯定配合。"

"好，走吧。"

余警官将警帽戴好，这时候我才看清楚他的脸——五官立体，非常有轮廓感。

他定定地看着我，眼神无比清明。

我跟在他身后走上了阶梯，没有再开口说话，我认真地踏着那些从我身上不断坠下，却又很快灰飞烟灭的浪花，然后我回头，与照片中的顾予淮对视着——放心吧，我会替你保密的。我发誓。

2.[余扬] 她是大火里的南丁格尔

车里很安静。

陈皮猴好几次从副驾驶座位上反身过来想开口聊天时，都被我用眼神制止了。

不是我难相处，也不是我小题大做，把带个人回去问话这件事看得太严重，我只是觉得，现在坐在我身边的这个人——也就是穿了一身洁白的安宁安小姐，她很紧张。

但她的紧张跟别人的紧张不一样，她的紧张来源于她自己，这种紧张，是没有办法靠外界轻松的氛围去化解的。我笃定，哪怕我现在喊陈皮猴讲一百个笑话，也无法改变她皱起来的眉头、胡乱绞着放的手，还有她挺得过分笔直的脊背。

做无用功不是我的风格，所以我选择闭嘴，正好也给她的若有所思提供一点儿便利。

"余扬。"我觉得时候差不多了，便开口做了一个迟来的自我介绍。

"余扬……"她好像有轻声重复什么的习惯，接着她朝我笑了笑，丝毫不介意我的自我介绍有些过分简洁，"我叫安宁，就是那个安宁。"

我当然知道她是哪个安宁，其实我是——好吧，我暂时不想公私混谈。

"很高兴认识你，安宁，安小姐。"

"我也是。"

一路走走停停，磨蹭到公安局门口时已经差不多七点半了。

我带着安宁到了我的办公室。

"里面有点儿乱，你随便坐。"我推门，在一片漆黑中摸到了日光灯的开关。

这栋办公楼挺旧的了，每次开灯的时候，陈皮猴总是提心吊胆地盯着那根狭长的灯管，然后特别没种地躲在我身后不停地念叨，余队，你说这个灯不会炸吧？你有没有听到刺啦刺啦的火花声？这栋楼不会也一起炸了吧？

放屁。那根日光灯，明明正常得不能再正常。

但今天，不知道什么原因，我真的在光明被电路送来的那几秒钟内，隐隐约约地听到了窸窣声，一阵接一阵，溅着零星半点的火花，就在我觉得已经闻到焦煳味的时候，我侧头，与安宁对视上了。

这是我第一次，这么仔细地观察着她的脸。哪怕下一秒，这栋楼很可能就要被倒霉地炸毁。

安宁皮肤很白，样貌却普通，最多称个清秀，但她的眼神很特别，至少我活了这么二十几年，还没有见过哪个人能像她一样，眼里的温柔让人无条件地信服。于是她轻而易举地就说服了那根正在闹脾气的灯管，很快，电路恢复了静谧的正常，鼻尖的焦煳味悄然散去，光明如约而至。

安宁拯救了这个杂乱的办公室，拯救了这栋年老的楼房，然后顺便地，也拯救了我。

她果然很适合干护士这行，生来就是为了救赎。

至于我是怎么知道她是护士的——这稍后再说。

"顾予淮案子的材料都在这儿了。"我将写着"顾予淮"三个大字的文件袋从一摞文件里抽出来，递给安宁的时候，有那么一点儿犹豫，护士见惯了生死这没错，可要是变成未婚妻去见证未婚夫的话，也许就得另当别论了。于是，我的手停在了半空中，我问她，"你是要自己看，还是我大概地跟你讲一遍？"

"没关系。"安宁很干脆地从我手中接过了袋子，"我自己看，有不懂的地方再请教你。"

"好。"我点头，没来由地觉得有些轻松，可能是因为忙活了一天，这个点终于可以在办公室里稍微歇一会儿，也可能是因为我高兴我没有看错安宁，她果然非比一般，不，她是比很多人都要厉害。

让我们把时间往回调三个小时，也就是五点整，顾予淮追悼会开始的时间。

我们三个不算顾家亲友，自然坐在最后一排，安宁推门的时候，陈皮猴正在装模作样地挤眼泪想融入悼念的氛围，张蛐蛐用胳膊肘捣了下我，小声道："余队，那就是那个安宁不？"

　　我就着不算明朗的光线和悲怆的音乐声看了眼安宁，一眼就认出了她。

　　"对，就是她。"她还是那个样子，没变什么。

　　"就是那个穿白裙子的啊……"陈皮猴也看了过来，"怎么连自己对象的追悼会都迟到，我要是那个顾予淮，准得给气活。"

　　"贫吧你就，能不能闭嘴？"张蛐蛐白了陈皮猴一眼，示意他安静。

　　追悼会比我想象中要短一点儿，四十分钟左右。

　　很神奇的是，每周例行的领导讲话红旗宣言什么的我都跑神，但顾予淮的悼念词我却一字不落地听了下来。平心而论，他的一生还算不错。里面没有提到安宁。

　　更神奇的是，我盯着顾予淮的黑白照片看了很久，莫名其妙得出一个非常离谱的结论——我觉得他不是安宁喜欢的类型。

　　"哎哎哎，余队，回来，回来。"陈皮猴追上我的步伐，拦住了我，"你干吗去呢？"

　　我扬扬下巴示意不远处的安宁："怎么，我带人回去问话还要经过你的批准？"

　　"哎，我不是那意思。"陈皮猴挤眉弄眼，一把将我按在了过道旁最近的座位上，"我不是那意思，余队你眼睛平时也挺亮的啊，怎么看不出人顾家一家三口在下面伤心叙情呢？咱们这时候冲上去，多败气氛啊，是不是，张蛐蛐，你说是不是？"

　　"让开。"我打掉陈皮猴压在我胳膊上的手，甩了一顶警帽过去，他们两个跟着我做事也有段时间了，知道我这个动作的含义——我预备去干些什么了，并且这个预备，还很坚决。

　　现在也没错，我就是要很坚决地走下去，带走安宁。

　　陈皮猴不了解安宁，顾家父母也不了解安宁，我虽然也不敢妄称多了解，但我知道，她早就在等着一个人，去败掉她现在所处的气氛了。我有这个直觉。

　　"所以……"安宁的眉头轻轻地皱在了一起，"你们觉得予淮是被人杀害的？"

　　"没有。"我将陈皮猴刚刚送来的餐盒推到了她的面前，尽管我知道她现在吃什么都没有胃口，"只是猜测有这个可能性，你也知道，顾予淮是药物致死，他手里抓着一个药瓶，看起来的确像是准备好的自杀，但是……"

　　我停顿了一会儿，从她手里抽出那张现场勘查的照片。

　　"这里，这个角落里，我们在进行第二遍排查时，找到了和顾予淮服下的同种类药物。"

　　安宁很慢地做了一个深呼吸，她纤长的手指弯曲下来，渐渐地往掌心中收缩："什么意思？"

　　我想，其实她已经猜出个五六分了，但对于女人来说，要她们亲口道出一个残酷的真相，她们往往更擅长于被动地接受，安宁是比很多女人厉害，但她也免不了俗套。

"我们警方现在的猜测就是，顾予淮不是一个人去看的电影，就算他是一个人去看的，也有谁跟着他，让他服下了那些药，然后把多余的藏在了角落的座位底下，自己先走了。但那天很不凑巧，电影院的监控系统坏了。"

我将那些材料重新收进了文件袋里，不再看安宁。

"总之，还是有很多疑问漏洞的。但人之常情，顾予淮不会画蛇添足地自己去藏东西，从现场来看，也没有什么指向性的暗示或明示线索，从而我们也排除了他故意陷害谁的可能性。而且，安宁小姐，你未婚夫是医学院高才生，事业大有前途，生活顺风顺水，我们真的找不到他自杀的理由和动机。"

"那天是五月九号，下午两点二十开场的电影，安宁，你那时候在干什么？"

别误会。我没有半点儿怀疑安宁的意思，我知道她是个多么善良、多么重视生命的人。

我就是这么顺嘴一问罢了，一来按照流程，我也是该问她这个问题再记录在案，二来，是她听完我的话后沉默得太久，饭菜变凉了她都没有动筷子，眼睑低垂着，像是在为顾予淮难过。

很明显。她不愿意，甚至是很抗拒告诉我一些东西。

算了，我不想为难她。毕竟退一万步来讲，她也算半个受害者。

于是我轻轻地敲了敲桌子，打算换个无关紧要的问题："南丁格尔，你真的不记得我了吗？"

这次的时间不止要往回拨三小时，是要拨三年。

差不多也是这种乱穿衣服的月份，我在警校念大四，被分配到市消防队实习，睁眼闭眼都是偌大的消防车，橙色的消防服还有厚重的消防面具。

碰到安宁，是我在出任务的时候。

他们学校的制药楼着了火，那晚的东南风刮得有些强势，火一下子就蔓延到了安宁所在的女生宿舍楼，不过还好，等我们赶到的时候，她们自己已经疏散得差不多了。

我从车上跳下来，拿着水枪待命，一眼就看到了与人群行进方向截然不同的安宁，她头发散乱地盘在耳后，衣服在霭霭的浓烟中被衬得更白，我到现在都能想起那个瘦弱又决绝的背影，她不顾周遭人的尖叫哭喊和阻拦，一门心思往宿舍楼里冲。

我望着已经被烧到快要看不出原形的宿舍楼，忍不住在心里爆了一句粗口。

这姑娘搞什么？刻意寻死？

我走过去一把拉住她，也不知道她有没有被我弄疼。

"前面那么人的火，你不能进去。"

"为什么？"她将脸转了过来，理直气壮地看着我。她的力气当然不能跟我比，所以在她费力挣扎却还是无法挣脱我时，她不悦地皱起了眉头，"你放开我，我要进去，我有事！"

"你有什么事非得进去？你进去就没命了知不知道？"我承认，当时我的语气不太友善，因为我觉得那一刻的安宁，压根儿就是一个想寻死的疯子。对这种人，我向来不客气。

"我不进去它就没命了你知不知道！你不是消防员吗，你们不救它我自己去！"她瘪了瘪嘴，看起来竟然有几分委屈。

"谁？"我将她又往后拉了几步远，"我去救，你别乱跑给我们增加工作量。"

"我傍晚捡回来临时放在宿舍的流浪猫。"安宁仍旧在我的手掌下努力着，为了那只流浪猫。

"一只猫？"

"嗯。"安宁十分认真，"一只土猫，黄色的，头顶有一圈白毛。"

"你在跟我开玩笑？"我的耐心差不多已经被眼前的人磨光了，"一只猫又怎么样，能跟人的性命比？你马上退到安全线外，不准再进来。"

"猫又怎么样？消防员同志，你是在看不起那只猫吗？"

我没有想到看起来挺柔弱的一个小姑娘，能吼出那么大声音，气势竟不输我身后冉冉冲天的火光。

"我……"

"生命就是生命，没有三六九等贵贱之分。"不知道是不是烟太浓了，她抬起手背快速的抹了一下眼睛，"它是一只流浪猫，住在外面的，是我今晚非要把它抱进宿舍，本来……本来它不用承受这些的，都是我的错……"

行了，我投降。

我不由分说地将她带到了安全线外，她不死心，还想往里面冲。

我反手将她按在了原地，透过消防面具深深地盯着她的眼睛："别乱动。"

"可……"

"我现在就进去救你那只猫，很快。你就站在这里，哪儿也不去，行不行？"

"好。"她咬着下嘴唇，像是经过了一番激烈的思想斗争，"你，你一定要把它安全地带出来。"

"嗯。"我点头，这时我才看到她胸前口袋上有几个淡蓝色的字——护理系 4 班，安宁。

行吧，原来你是南丁格尔。

你为了世间的生命正不断地努力奋斗着，那么我是不是也该做一点儿像样的事情？

比如说——救出你的流浪猫。

后来，我不知道是谁拍下了我从阳台捧着猫的照片，总之，因为这张照片，我和我们消防队被全市人民大力褒奖，称赞我们不放弃任何一个生命，说我们是好样的。

我也因为实习时期的优秀表现，被评为我们那一届的最佳毕业生。

站在大礼堂致辞的时候，我合上了演讲稿，我说感谢党的正确领导，感谢学校和老师辛勤的培育，感谢同学和战友四年的帮助照顾，感谢实习队伍带给我的人生体验，最后我还要感谢——大火里的南丁格尔。

3.[顾予淮]告别安宁，告别安宁

我在四楼的洗手间里碰到了何主任。

他跟我算老熟人了，以前在研究院的时候，他就是我们系里的客座教授。

"小顾啊。"何主任站在我边上洗手，"昨晚的手术做得还不错，比起上次单独主刀，已经有非常大的进步了。"

"谢谢您，好几个细节处理都是听了您的建议才会那么顺利。"

安宁常笑我，说在我的嘴里，是听不到任何人的坏话的。

但我没觉得她在损我，一来是我觉得我这种做人的方式不算太坏，二来是安宁她本身就很温柔，她从不会做哪怕只带一丁点儿刺的事情。

她人如其名，让我觉得安宁。

"对了，你和安宁是打算国庆订婚吧？"何主任的口气稀松平常，像是在问我今天医院职工食堂有什么菜一样。我笑了笑，我和安宁的事情，整个医院都知道的。

"暂时是这么打算的。到时候酒店定下来了，一定邀请您。"

"好，我等着啊。"何主任从口袋里掏出纸巾，顺手也递了一张给

我，"在学校的时候，我就看好你和安宁，也难得你们挺过了毕业和工作这两个大坎儿。"

我和安宁同校，不过她在护理学院，而我在临床医学院，我比她高两届。

如果非要用什么形容词去囊括我和安宁，那就是自然。

我们的相遇很普通，图书馆的自习阅览室，我帮她拿了一本她拿不到的书而已。

其实事后我不止一次地暗暗庆幸过——还好遇到的是安宁，不然这么乏味的场景，根本就入不了那些女孩子的眼。

没。我没有别的意思，我刚刚说的"那些"二字，是没有任何贬义的。所有女孩子都很可爱，只不过从我遇到安宁的那天起，她们就变得泾渭分明罢了。一边是渴望轰轰烈烈爱情的人，她们追逐刺激和享受，要活色生香，要发光发热；一边是温柔守护大自然规律的人，她们安于现状，有迹可循，保持恒温，热爱和平。前者我统称为"那些"女孩子，至于后者，是安宁。

我将半干半湿的纸巾丢在了两扇电梯中间的垃圾桶里。

"叮！"

银色的门闪着冷冽的光泽向我打开，我看见它的怀里，站着安宁。

"这么巧。"她像是感应到了我的目光，所以停下了和别人的交谈，她看着我，笑着将碎落的散发捋到了耳后，"准备回办公室换衣服了吧？"

我点头，拿下落在她肩头的粉红色花瓣："小区里的樱花开了？"

"对。"她往边上站了站，想给我挪出一点儿地方，尽管这个电梯里人不算多，"我把你昨天买的红肠喂了楼下小狗，所以为了补偿你，今天出门的时候做了饭菜，都在厨房里搁着。"

"哎呀。"站在旁边的一个护士夸张地拍了下手，口气里的艳羡倒是很真诚，"我们顾医生和安护士的感情要不要这么好呀？"

安宁只是笑，也不开口说什么。她一直以来都是这样。

总有人说我和安宁感情好，一开始的时候我还是会或多或少说点儿客套话，但后来我也跟安宁一样了，只笑，不说话。我妈喜欢安宁，就是因为她觉得安宁温驯，不会反着我来，两个人中间我能当那个拿主意的人，但我没告诉我妈，其实是我受安宁的影响比较多，她身上有一种不动声色的力量，旁人不知道，但我知道。

"我到了。"我往外迈了一两步，又回头将安宁的护士帽扶正。奇怪，明明我刚刚看的时候还是正的。"再见，安宁。"

"再见，顾医生。"她一如既往地跟我挥手说再见，也一如既往地坚持在医院喊我顾医生。但值得一提的是，她此刻的笑容，可能是因为今天天气好，所以她笑得格外愉悦。

我走出电梯，回头看着那两扇冰冷的门逐渐合上，然后我清楚地知道，我再也见不到安宁了。

我必须承认，我舍不得，很舍不得。

"顾医生回来了吧？"我推开办公室的门，看到陆医生正背对着我在找什么东西，他回头看了我一眼，手指了指我的桌子，"你手机响过几回了，我看没有备注，所以没帮你接。"

"哦，谢谢你啊。"我将白大褂脱下，顺手搭在椅背上。

果然有三个未接来电。

我没有备注这个号码，是因为我记得这串数字和这串数字的主人，一般我记得很牢的东西，就不太愿意再去定义它了。

我将未接来电一个个手动删除，删到最后一个的时候，短信又悄无声息地涌进来了。

只有五个字，那个人问我：准备好了吗？

我看了看挂在角落里的外套，按下了发送键。

我如约来到电影院，甚至在进去之前，还主动找站在一旁的小女孩儿买了两枝玫瑰花。

"先生是买给女朋友的吗？"小女孩儿细心地挑了两枝带露水的玫瑰，献宝似的递到我面前，"我刚看你是一个人来的，所以就没问你买不买，可没想到你居然就是我的第一笔生意！"

"怎么？"我将钱给她，她却忙着包装没空接，"你是第一次来这里卖花吗？"

"嗯，平常是我奶奶。"小女孩儿本来笑着的脸顿时蔫了下去，"她最近身体不好，弟弟又在念书，所以就换我来接班了，我以前不知道，原来玫瑰花这么难卖，我再也不吵着要芭比娃娃了。"

"好好照顾你奶奶。"我换了一张面额更大的纸币，"花我都要了。"

"都要了？咦，那个，先生你看！"小女孩儿的注意力马上就被街尾走过来的一个身影吸引了过去，她指着那个人，像是发现了一个惊天大秘密，所以她的语气惊喜又自豪，"那个，就是那个，没错吧？先生你人这么好长得又帅，女朋友一定就是那个漂亮姐姐！"

我笑了一下："人小鬼大。"

走过来的那个人当然不是我女朋友，我女朋友现在正在医院上班，而且比我还要工作狂，我暂时想不到有什么可以让她翘班的理由。至于现在走过来的那个人，她——她只是我一个故人罢了。非要说得再明白点儿的话，那就是她，是我在安宁面前唯一的秘密。

"哈！"她走了过来，夸张地挑了下眉，"不是吧，搞这么浪漫？"

我将满怀的玫瑰递给她："我女朋友说过，生死都是隆重的仪式，不能马虎。"

"喊，那你给她啊，我知道，你的小安宁是白衣天使，我呢，我只是个过了气的婊子。"她虽然将话说得那么难听，但还是很干脆地将玫瑰抱了过去，接着她像是想起什么似的，陶醉地笑了笑，"哎，顾予淮，你知道吗，在我最辉煌的那段时期，就是我出一次台就四位数的时候，我的外号就是野玫瑰。"

"进去吧。"我将电影票从钱包里拿出来，准备和她入场，"英雄不话当年。"

"呵！"她冷笑了一声，暗色的灯光将她衬得非常有气质，一点儿也不像她口中过了气的样子，她仍旧年轻、艳丽、充满侵略性，"算了，你知道什么啊。那时候你只知道跟你的白衣天使卿卿我我。恶心。"

"我买的是爱情片，但我觉得应该很难看。"

"爱情片能有什么看头，本来就丑陋的东西，就算翻着花样去美化也起不到什么作用。"

"你说话的水平，一点儿也不像个没念完高中的失足女。"

"顾、予、准。"她一字一句喊我的名字，颇有点儿咬牙切齿的味道，"你去死好了。"

我带着她找到位置，轻声说："快了。"

她——算了，我还是叫她野玫瑰吧。反正她也喜欢。

她是我们那所高中的校花，也是我的初恋。

高一下学期她死缠烂打地把我追到手，然后高二开学的时候就跟我说，她要跟着一个什么姐南下捞金，意思就是我和她完了。

其实高中的事情我有很多都记不太清楚了，但当时送她去火车站时的场景我却历历在目。

她提着一个深棕色的行李袋，白色的七分袖上绣着许多精致的小花。

"顾予准。"她那天没有化妆，笑起来的时候嘴旁的梨涡煞是动人，"我走了。"

"能不走吗？"虽然那时候我还没有什么明确的概念，但我知道，一个高中都没念完的漂亮女孩子去赚大钱意味着什么，"你一走，这辈子就回不了头了。”

野玫瑰的眼眶唰地就红了，然后她哽咽着问我："那顾予淮，你爱我吗？"

我没有想到她会问我这个问题，但当时我太小，爱这个字眼对我来说，陌生又沉重。

可她就要走了，我不忍心骗她："我不知道。"

"如果我有天回来，你还会要我吗？"

"我不会不要你。"

"那你会娶我吗？"

"这个不好说。"

"顾、予、淮。"她丢了行李袋，不顾列车员的催促声，也不顾逆流的人群，她朝着我飞奔过来，眼泪流到了她的下巴处，然后她踮起脚拽着我的衣领，狠狠地吻住了我。

那是我的初吻。

很久之后，吻这个字眼在我的字典中都等同于——分别、眼泪，还有血腥味。

那天野玫瑰她咬了我，下了非常重的口。

也就是从那天开始，我的初恋正式宣告完结，它在我心中，变成了一个无言的冢。

这一分别就是五年。

　　野玫瑰再次出现在我眼前的时候，我刚好和安宁度过了第一个百天纪念日。

　　我知道这不应该，但她风尘仆仆的脸和满是倦意的笑都让我不得不心软，最后我做了一件连我自己都唾弃我自己的事情，我跟安宁撒谎，说实验组有事，然后我带着野玫瑰去吃饭，选了一个位置特别偏的柴火鱼馆。说来也奇怪，她的五官我都快模糊了，却偏偏记得她爱吃鱼。

　　木柴在脚底边嗞嗞地燃烧着，野玫瑰的眼睛里全是笑意。

　　"我们像不像偷情？"她娴熟地给我满上一杯啤酒，举手投足间都是荡漾的风情。

　　"你是怎么找到我的？"我开门见山。

　　"怎么，我旧情人就你一个，还不许失业了来投奔一下啊？"

　　"我有女朋友了。"服务员将盖子揭开，白到像牛奶一样的鱼汤在锅里翻滚。

　　"我知道。"野玫瑰毫不在乎地从碗里挑出一根鱼刺，"我看见了，那个黑色长直发，哎，顾予淮这么多年了，你审美观还没变哪？是不是还对我痴心……"

　　"安宁和你不一样。"我打断她。我说过的，在遇到安宁的那天起，所有女孩子都变得泾渭分明了，野玫瑰也不例外，她当然属于前者的"那些"，漂亮、夸张、聒噪，还有张牙舞爪。

　　"哦，她叫安宁。"野玫瑰耸了耸肩，"不一样又怎样，我还她前辈呢。搁在古代她还得叫我一声姐……"

　　"这些年，你过得还好吗？"

她一愣，干了面前的酒。

"顾予淮。"她沉默了许久才开口，"你说过你不会不要我。"

"是。"我也记得年少时候对她那个不算承诺的承诺，"但这跟我会要你，不是一个意思。"

"你放屁！"野玫瑰提高音量骂了我一句，引得店里的人纷纷侧目，"这难道不是一个意思？你是不是想反悔？"

面对她的怒气，我居然笑了出来："我当时是真心的。"

我夹了块鱼肉放在她的碗里："但你知道。那两句话其实不是一个意思。"

"顾、予、淮，你浑蛋。"

"是，我的确很浑蛋。"我这句话，是对安宁说的。

然后我们就去了火车站旁边的一家小旅店。

旅店的环境很糟糕，几乎快要看不出颜色的墙壁，破旧的电视机和空调，满是污垢的拖鞋和那床怎么看都不干净的被子，但我没有时间犹豫，野玫瑰像是赴死一样想要把自己给我。我接受了。

我知道，我的确是个彻头彻尾的浑蛋。

野玫瑰比我有经验得多，事后她躺在我怀里，眼泪流了我一整个胸膛。她的声音很轻："顾予淮，我知道我在无理取闹，可是，可是我当年，真的好喜欢你。"

她睡着之后我起来了，我没有办法在她身边过夜，我找了一个

ATM 机，将我卡里所有的钱都取了出来。我不知道我这样做跟她的顾客有什么区别，但我当时脑子里很乱，我也想不出除了钱，我还有什么可以给野玫瑰的。她毕竟，毕竟——算了，不说了，我就是个浑蛋。

"啧！"野玫瑰坐在我身边，打了个哈欠，"这电影可真难看。"

"嗯。唯一能看的就是女主角楼下邻居养的那只黑狗了。"说到这里我顿了顿，因为我又不可避免地想到了安宁，"也不知道它喜不喜欢吃红肠。"

"哈哈哈，顾予淮你神经病啊！"她大笑着推了我一把，然后小声问我，"药呢？"

"这里。"我把两瓶安定片从外套口袋里掏出来，"这个是你的。"

"好。顾予淮，等到男女主角开始接吻了，我们就干了这瓶药，你觉得怎么样？"

"好。"

野玫瑰的第二次出现，就是在不久前。

也不知道是谁告诉她我和安宁准备订婚的消息，总之，她又找上门了。

三月初的凌晨，医院地下车场气温很低，她穿了一件很单薄的开衫站在我的车边向我伸手："等了三个小时了，还以为你今天不上班。我冷，顾予淮，你抱抱我好不好？"

我刚做完一场大手术，整个人有种全神贯注后的虚脱感，我打开车门，示意她上车说话："车里暖和，你进来吧。"

"你不敢抱我。"野玫瑰坐在了副驾驶的位置上，那里还放着安宁的一条丝巾。

"我不能抱你。"我闭上眼睛，没有要开车的打算。

"那你想抱我吗？"不用看也知道，她一定又是一脸促狭的笑意。

"我不知道。"

"那你就是想抱我。"

"随你怎么想。"我有些不耐烦地扯松了领结，"你来找我有事吗？"

"有。"野玫瑰顿了顿，"我听说你要和那个安宁订婚了。"

"是。谢谢你专程来祝福。"

"做你的春秋大梦去吧！"野玫瑰冷哼了一声，"我这辈子都不可能祝你们幸福，但是，但是我……"她顿了顿，语气有了些不自在的迟疑，"要祝福，我也是祝你一个人幸福，关那个半路杀出来的安宁什么事儿。"

"她是我名正言顺的女朋友和未婚妻。"我觉得是时候结束和野玫瑰的对话了，我踩了一脚油门，车子没入了夜色中，"你家住哪儿，我送你回去。"

意料之中，她没有回答我。

"顾予准。"她的口气很飘忽，听起来像是浮动在半空中。

"怎么了。"

"我知道你爱她。可是那个安宁，真的爱你吗？"

　　她这么一问，我就感觉我的呼吸窒住了。

　　我从来没有想过这个问题，我和安宁，向来都是水到渠成。

　　她爱我吗？这本该是个毫无疑问的问题，可就是在我准备肯定的时候，我忽然想起了一些平常被我遗忘的事，比如我和安宁在一起四年多，却从来没有谁去问过对方"你爱我吗"。我们太自然、太和平了，以至于我们都忘记了——其实谈恋爱，应该是件波澜起伏，充满感性和戏剧性的事情。可我们却连一次像样的拌嘴都没有过，没有大落，自然就没有大起。

　　我把车蛮横地停在路边，解开了车门的锁，冷声道："下车。"

　　"顾予淮你搞什么？"野玫瑰倒吸了一口气。她的眼睛很亮，此时正灼灼地逼着我。

　　"我喊你下车。"

　　"呵，省省吧顾予淮。"野玫瑰底气十足，"你不会这么对我的。虽然你没那么爱我，可是你永远也没办法拒绝我，不是吗？"

　　"你好歹也是女孩子，你要点儿脸。"我烦躁地点燃了一根烟。

　　"不在乎。脸有什么用？"她摸到了我的烟盒，接着掏出了自己的火柴盒，"不如我们私奔吧，顾予淮。"

　　"你发什么神经？"

　　"我说真的。"她停下了划火柴的动作，但空气中已经满是红磷的味道，"虽然我跟很多人睡过，但我最喜欢的还是你。就冲这一点，我就比那个安宁强。"野玫瑰见我没有回应,便接着自说自话,"是,我知道你不愿意,不愿意离开你的白衣天使跟我苟活。"然后,她像是被什么点醒了一般似的,表情里有一种微妙的惊喜,"是啊,我怎么之前就没想到呢?哎,顾予淮,我们,一起死吧?死了就什么烦恼都没有了。"

"什么?"我皱起了眉头看她,"你就这么想死?"

"想。"野玫瑰认真地点头,"我真的特别想死,顾予淮。这些年我挣了好多钱,可是又有什么用呢?人前风光罢了,不,连人前风光都称不上,走哪儿别人都说我是个婊子,以前年轻,觉得他们是在嫉妒我,可现在我甩手不干了,却还得背着这个称号。你说得没错,我这辈子算是没法回头了。"

"当初我要走的时候,你怎么就不肯说句你爱我呢?"她深吸了一口气,垂下了头,"你不知道吧,我其实特别喜欢你,你要是当初说了句爱我,我说不定就……"

"没有说不定。"我疲惫地打断了她,不得不承认她很厉害,我之前的确为了没能留下她这件事感到过愧疚,"你做人不能这么自私。你明知道,这怪不到我头上。"

我回到家的时候,已经接近四点钟。

安宁早就睡了,但她给我做的夜宵还在厨房里热着。她习惯性地在冰箱上贴蓝色的便利贴,上面一般都写着我不在的时候发生的重要事宜,落款是一个笑脸。

我站在卧室门外,看着床上那凸起的小小一块,说是不忍心,其实更多的是不敢——我不敢去喊醒她，问她爱不爱我。这样的事情发生在我和安宁之间，就像个荒诞的笑话。

然后，我坐在客厅里，给野玫瑰发短信：或许我可以答应你的第二个提议。

"哎，顾予淮，你看，男女主角在雨中找到彼此了，天啊，他们肯定要接吻然后幸福地生活在一起了。"野玫瑰不甘心地啧啧感叹，"可是我们的死期也到了。"

我拧开瓶盖，在幽暗的光线中，我好像看到了安宁，又好像看错了，她好像站在门后，又好像站在银幕里，她好像朝我笑了笑，又好像朝我招了招手。

总之，她是在跟我告别吧。

4.[余扬] 我想你一定是疯了

"余队，重大发现！"陈皮猴径直闯入我的办公室，邀功似的坐在了我的对面。

"你下次进来之前能不能敲个门？"我头也没抬，最近手头的案子有些多，这种不加主语的重大发现，我一般都当作在放屁。

"喂，余队，我都重大发现了你还在意我没敲门？"

"快说，哪个案子。说完我还有事。"

"当然是你最在意的那个案子。"陈皮猴将椅子拖出声响，手撑在桌面上，口气得意。

我的笔一顿："你发现什么了？"

"玫瑰花。"陈皮猴敲了敲桌子，示意我看他，"之前不是因为电影院监控坏了，顾予淮又是因迟到进场，走的自助通道，这两件事，案子一直没有什么进展嘛，今个儿我和张蛐蛐办金店抢劫的案子时又路过了那个电影院，看到卖玫瑰花的，我也不知道怎么心血来潮就下去问了问，嘿，结果还真的问出了东西！"

"你是说那个卖花的老人家？"我喝了口茶，"我问过她，她说她那几天不在电影院，没见过顾予淮。"

"是，你是问过。可余队你运气不好啊，所以就没问出什么来。"陈皮猴促狭地朝我眨了眨眼睛，"老人家忘给你说了，她那天虽然不在，可她孙女在。巧的是今个儿她孙女也在，所以就告诉了我们一些事情。"

"什么？"我下意识地，眼前浮现出了安宁的脸。

"顾予淮是跟一个女人去看的电影，小女孩儿说很漂亮，顾予淮还给她买下了所有玫瑰。我们拿了安宁的照片出来，她说不是这个姐姐，所以——"陈皮猴故意拉长音调，"所以重大发现就是，顾予淮他出轨了！"

"你当我们是人民警察还是情感主持人啊？"张蛐蛐走进来，把他的手机放在我的桌上，"事出意外，我们也没啥准备，就直接征询了她们祖孙的意见后录了音，余队你自己听听看。"

"来，小妹妹，你看，是这个照片上的姐姐吗？"

"咦？不是这个。"小女孩儿声音挺脆的，"那天那个姐姐没有这么白，但是更漂亮，而且也不是这个头发，那个姐姐……是金黄色的头发，卷卷的，像是童话里的美人鱼！"

"那之后呢，你还看见了什么？比如散场的时候？"

"没有了，那位先生买完了我所有花之后我就回家了。"接着，她的语气变得有些哀伤，"警察叔叔，那位先生真的死了吗？他人那么好……"

不，他人一点儿都不好。他活该。

我关掉了录音，我知道我违背了作为一个警察的基本素养，我竟然说死者死得活该，但我没有觉得哪里不妥，因为他背叛了南丁格尔。他死有余辜。

我本来是要去检察院一趟，但鬼使神差地，我就把车开到了医院。

这已经不是我第一次来医院找安宁了，有的时候我会去跟她说说话，但更多时候我只是坐在暗处看着她照顾病人。我不知道怎么跟别人去形容这种感受，就是你看着那个人，你就浑身放松、你就觉得平静，用文艺一点儿的话来说，就是被治愈了。

很显然，我把南丁格尔当成了我生活中的必备事项，用来调节自己失衡的心情。

"余警官来啦？"是安宁同科室的护士，她推着药品车，热情地跟我打招呼，"又是为了顾医生的案子来找安宁姐的吧？"

我点头，但我这次来目的没有以往那么自私，只顾着治愈自己。我这次来，是专程为了那条美人鱼。我直觉，安宁知道这件事。

"要是每个警察都像你一样那么尽职尽责就好了。顾医生他真的是个好人的。"我看得出来，她是在真心赞誉我，也是真心在惋惜顾予淮。

"没有。"我受之有愧。因为我这么尽职尽责，并不是为了她口中的那个好人顾医生，"应该的。安护士在不在办公室？"

"你等等哈，我这就进去帮你叫她出来。"没过多久，那个护士就皱着眉又出现了，"奇怪……明明是休息时间，安宁姐又去哪儿了？"

"不在里面？"

"嗯。"护士点点头，给我指了个方向，"大概又是给自己加班去哄那些脾气暴躁的病人了。余警官你不知道，我们安宁姐脾气可好了，特别温柔，多难哄的病人都能哄好。"

我笑着跟她道谢，她又喊住我，说我上次送来的葡萄她们整个办公室都觉得好吃。

我在一个人比较少的角落里看到了安宁。

好吧，其实只是安宁的一小撮背影，但职业毛病，我认人很准，我知道那就是安宁。

然后她看了过来，阳光洒在她洁白的护士服上，她对我笑了笑。我是理科生，我没办法用太夸张的词语去形容那一刻安宁带给我的美感和震撼，总之因为她站在那里，陈旧的墙壁都散发出了庄严和神圣的光。

但有一件事情更重要——安宁不等我开口，她先走了过来。

"余扬。"她和别人不一样，她不喊我余队，也不喊我警官。我喜欢她这样，"你来了。"

"嗯。"我对她点头，但并没有就因此停下我的步伐，我直接路过她，用眼尾的余光扫到了她想来抓我，但是没有来得及的手。

角落垃圾桶的上方有一个烟蒂，还没有彻底灭下去。

安宁的反常，就来源于此。她想要借此拖住我，因为她要继续瞒着我。

我站在窗户边，不费吹灰之力就看到了一个特别打眼的背影，金黄色的头发、长卷的波浪，在阳光下，那条美人鱼像是在发光。很好。光看背影就知道是人间尤物。但我仍旧看不起顾予淮，因为他没眼光。

"你到底想干什么，安宁？"我问她。

"我什么也不想干。"

"你早就知道顾予淮的死跟那个女人脱不了干系，是不是？你甚至清楚所有的来龙去脉，是不是？"

"是。"安宁笑了，表情和往日一样，悲戚又温柔，"我知道。但是余扬，你放过她。"

我的手撑在窗户的凹槽上，那些崎岖不平的纹路慢慢地嵌入我的掌心。

我设想过无数种情形和安宁跟我坦白之后的反应，但我没想到她居然让我放过那条美人鱼。

"你刚刚说什么？"我找不出安宁想放过那条美人鱼的理由。

　　"我想请你，放过她。"安宁看着我，脸上的表情像极了五年前要去救那只流浪猫的样子。

　　我听见自己深深地吸了一口气，过分饱满的气体让我的胸腔有种钝重的痛感。我问她："安宁，你疯了不成？"

5.[安宁] 上帝是女孩儿

　　其实我很早之前，就知道了顾予淮的那位初恋。

　　他们第一次去郊外的柴火鱼馆时，就被我的舍友看到了，但我什么都没问，也什么都没做，我甚至帮着他们去解释，我说那个女孩儿我认识，是予淮的表妹。

　　那天晚上，大概是深夜两点多，我接到顾予淮的电话，他先是跟我道歉，说吵了我睡觉，然后小心翼翼地问我，可不可以下楼去见见他，他爬进女生宿舍了。

　　这种像极了偶像剧的行为，在我和顾予淮之间是很反常的。

　　本来我以为他喝醉了，没想到见到他的时候，他的眸子里全是清冽的神色，总之，他整个人看起来格外清醒，然后他走过来，紧紧地抱住了我。他跟我说："安宁，对不起。"

　　我闻着他身上不属于他的味道，轻轻地拍着他颤抖的背。

　　"多大的人了，还哭鼻子。是不是搞砸了实验，被导师骂了？"

　　他没有说话，只是更加用力地抱住我。

　　我知道，他这是在用最体面的方式跟我道歉，他羞于启齿又不知所措，所以他只能抱着我流泪。但我没法原谅他，我不是那种意思，我的意思是——我连责怪都没有，何谈原谅。

我没有在故作大度，也不是在用我的温柔胁迫他让他更加反悔，我只是在等他明明白白的那句话，但他没有，那天晚上没有，往后的很多年也没有。他不说，我也乐意装作不知道，多一事不如少一事，我满意生活的现状，我懒得去打破这个平衡，并且我发自内心地怜惜顾予淮，我是指单论他出轨这件事，我知道他才是最受煎熬的那个人。

顾予淮死后的第二十一天，他的初恋终于来找我了。

她比我想象中的还要漂亮，而且还是那种盛气凌人的漂亮，但她看着我，却像是很害怕我。她跟着我差不多有半个小时了，终于，在我经过她的时候，她鼓起勇气开口："你……忙完了？可以跟我出去聊聊吗？"

"当然可以。"我顺手从办公室里拿了瓶余扬上次送过来的牛奶递给她，余扬送来的——算了，余扬这人我稍后再提。"喝点儿吧，你看起来气色不好。"

"不要。"她难掩本性地嘟囔着，"我又不是小孩子。"

"顾予淮死了。"我们来到了角落里的吸烟区。

"我知道。"我朝她笑了笑。我知道她现在很紧张，一根火柴她划了好几卜都没有划燃，"我以为你至少会去他的追悼会。"

"是我提议的。"她的火柴终于冒出了一点儿火光。

"我知道。他不是会主动做这种事的人。"我顿了顿，"要我帮你拿着火柴盒吗，你看起来不方便点烟。"

她深吸了一口气，有点儿不可置信地望着我："安宁，你为什么一点儿都不为他的死感到难过？"

她憋不住了。她终于开始这种莫名其妙的质问了。但我生来就不好战，我知道，只要我说，为什么你不和顾予淮一起死呢？为什么最后关头你要抛下他呢？我知道只要我说出这两句话其中的任何一句，我就必胜无疑，但我不想这样击败她。

"安宁。"她又喊我，"你爱顾予淮吗？"

安宁，你爱我吗？

曾在某个深夜，我听见下夜班回来的顾予淮在我背后轻声问了这么一句。

其实我当时已经醒了，因为他这次的关门声与往日里不同，所以我一下就醒了，但我没有翻过身去给他肯定的回答，哪怕前几天，我们刚刚决定要订婚。

"爱。我当然爱顾予淮。"这是实话。

"但你对顾予淮的爱，跟你对你病人的爱没有区别，是不是？你爱顾予淮就像爱着街边的一只猫、一只狗，甚至是一堆花花草草，是不是？"

我笑了笑，没有回答。因为她说对了，不得不承认，有些话只有女人们才能说得通。

"顾予淮死得可真冤。"她的烟快抽完了，她直接扔在了垃圾桶上面。

"对。"这点我赞同。

"可是安宁。"她舔了舔她干涩的下嘴唇，"对你来说可能不算什么，但是我却失去了这世界上对我最好的一个人了。这其实也不是最糟糕的，最糟糕的其实是……"

"其实是你没有勇气跟着他一块儿死。"我之前就说过，有些话只有女人们才说得通。

"天啊，你可真聪明……"她小小地惊叹了一把，接着不好意思地笑了笑，"你这么聪明，我跟顾予准的事情怎么能瞒得过你？"

"你要好好活着。"我在真心地祝福她，不带任何主观情绪。

然后，她走了。

我站在七楼的窗户边目送着她，她的长发在阳光的照耀下显得更加漂亮。

再然后，余扬来了。

除开第一次见面的时候他穿着警服，后来他来找我都是穿着便服。我指的来找我，也包括了那些他不说话，只坐在一旁看着我的时候。按理来说，我跟他走不到这么亲近的，在问过话之后也应该没什么交集，但我怎么也想不到，当初那个帮我救出流氓猫的消防员，现在居然变成了负责顾予准命案的刑警。

你知道，缘分这种东西向来不讲道理，它就像大火，莫名其妙，却又来势汹汹。

我走上前，想掩盖掉刚刚发生的事情，但警察就是警察，敏锐的直觉不会随着换了身衣服就变得迟钝，他认真地看着我，问我是不是疯了。

"安宁。"我发誓，我听出了他语气里灼热的疼痛感，"于理，她要是杀了顾予淮，那就是名正言顺的故意杀人，她要是和顾予淮玩浪漫搞什么相约自杀，但现在顾予淮死了，她是活的，那么她就是涉嫌故意杀人。于情，她也不算你什么朋友吧，她带走了你这么多东西，我是你……"余扬顿了顿，"至少我是站在你这边的。"

"你想放过她。"余扬转过身去，不再看我，"我不想。就算我想放过她我也不能放，安宁，你别忘了，我是一个警察。我不是上帝。"

"余扬，我……"

我的话还没有说完，余扬就转身过来，用几根手指轻而易举地托起了我的脸。

"先是大火里的流浪猫，再是未婚夫的出轨对象。"

"安宁。"他深深地看着我的眼，口气带了些不具名的狠劣，"这么多年，你当够上帝了吗？"

我呼吸一滞。余扬，你这么说，就过分了。

6.[余扬和安宁] 我爱上帝，同时亦爱一位世人

顾予淮的案子侦查期结束后，就顺利移交检察院了。

至于接下来的公诉或者最后的罪名，那都是美人鱼和检法机关之间的纠缠了，我只打算袖手旁观，尽管我非常在乎安宁的感受，但——对就是对，错就是错，每个人都得为自己的行为买单。安宁再善良大度都

没用，她做不了真理的主，因为这世界上压根儿就不存在上帝。

我好久都没有见过安宁了。因为上次的不欢而散。

错当然在我，我不该把话说得那么锋利和赤裸，但我就是受不了了。

我不是受不了安宁，我是受不了这个世界，我受不了这个世界这么欺负安宁，我受不了这个世界明知道安宁悲悯天下心怀苍生却还是这么欺负她。最让我愤懑不平的地方就是，安宁她依然相信这个世界，她依然相信她受的苦难和委屈是为了她的子民，是这个世界对她的考验，她依然相信只要咬着牙做更多的牺牲，就能够达到理想和彼岸。

不是这样的，我的南丁格尔。这个世界配不上你的忠诚，也配不上你。

所以我才要狠狠地骂醒你，坏人我来当，没关系。因为只有我，才不会真的狠下心去利用你的温柔和虔诚，我没办法跟这个世界同流合污，我这辈子都没办法欺负你。

因为，因为——我好像比我想象中更心疼，也更喜欢你。

很意外地，我居然在医院大门口看到了余扬的车。

我不是说之前从殡仪馆将我带到公安局问话的警车，是他自己的越野车，有几次他带我出去吃饭的时候开过。我站在原地有些犹豫，我以为上次暂别之后此生再也见不到他了，他问出那句话的表情我到现在还记得，像是受够了我似的。但是他——又出现了。

"安宁。"余扬甩了车门下来，站在我的面前，"这么久了，想清楚了吗？"

"什么？"我一时间有些反应不过来，在我的记忆中，他并没有留下什么需要思考的问题给我。

"关于辞职的事情。"

"辞职？"我一惊，"我从来没想过要离开护士这个行业，为……"

"小心！"余扬大喝一声，眼疾手快地将我拉进他的怀里，帮我躲掉了呼啸而来的汽车。

"我不是说要你辞了护士，你可是南丁格尔。"

"那是什么？"我从他怀里抬起头。

"上帝。我问你有没有想清楚辞掉当上帝这个工作。"

"余扬，我……"我哽住了。从小我就觉得我跟别的孩子不一样，可是我也说不出究竟是哪不一样，然后我就这么长大了，直到余扬上次逼问我的时候我才明白，我这么多年苦心寻找的那个"不一样"，其实就是"上帝"两个字。其实是我自己从一开始，就把自己放在了属于上帝的位置上。我告诫自己，你要充满耐心，你要时刻怜悯，你要毫无怨言，你要大情大性，你不能责怪任何人，所以我才活成了余扬眼中的疯子，却不自知。

我爸妈没说过，我朋友没说过，顾予淮没说过，他那个美艳的初恋也没说过，他们都没跟我说过，其实我不用这么活着，其实这世界上只有我一个人这么活着。

但是余扬，他说了。

所以在余扬真真正正说出口的那瞬间，我就感觉我自己从里至外都被人打碎了。

　　然后我就知道，回不去了，我没办法继续做那个上帝了。终于——我感谢上帝。

　　"我知道。"余扬把我重新搂进了怀里，温热的鼻息不断喷在我的耳边，像是黏合剂一般，跃跃欲试地想拼凑出一个新的我，"做惯了上帝，你一定不习惯失业。那么干脆就不辞了吧，我们换个地方。我们不给这个世界当上帝了，这个世界上麻烦事太多了。真的。"

　　"那我要去哪里呢？"我一张口，热意便涌上了眼眶。我咬着下嘴唇靠在他坚硬的胸膛上，他心跳得很快，"可是余扬，我改不掉这个毛病，好像真的是从娘胎里带出来的。你一定觉得我是个伪善的疯子吧，三年前你就这么觉得了吧，可是我……真的觉得，活得好辛苦。"

　　虽然说得前言不搭后语，但这是我第一次，出生以来第一次，我允许自己去说出压在心底的，不那么上帝的言语。我觉得痛快。

　　"我知道。所以你来我这儿，当我的上帝。"

　　余扬的手轻拍着我的背以示安慰，真不习惯，平时这可都是由我来干的活儿。

　　"当我一个人的就可以了，你可以变得贪婪自私暴躁，甚至是邪恶。我不在乎。这个世界欠你的，我来还，所以你来我这儿，当我的上帝，我当你最虔诚的信徒。安宁，行不行？"

总之我现在生活的圈子里，没有哪个人知道陈燃。
这很好。我很满意。
————————●————————
CHUNFENGJI
ZHAIXINGXINGDEREN

最佳损友

＼

不知你有没有，挂念我这老友。

1.[陈燃] 问我有没有，确实也没有

我到云梦的时候，天已经亮了。

其实还挺早。我看了看手机，七点一刻。不过夏天就是这样，天亮得很早，以前地理老师教过这是为什么，但我成绩不好，自然就忘了。

云梦还是老样子。一个很小的县级市。

好像我离开这么多年，高了壮了黑了，它却一直没有变化过。

火车站外还是一大片空地，目光所及之处也还是那两根特别大的路灯，因为是白天，它们除了碍眼之外，也没起到什么别的作用。

公交车和私家车没有什么章法地停在空地上，好多店面还没有开门，卷闸门外蹲坐着好大一群戴墨镜穿花衬衫的男人，看起来很像小时候古

惑仔电影里的大哥。其实他们只是来拉短途的黑车司机。等到出站口涌出一批人，他们就会自发地走上前举着牌子吆客。

不知道是现在太早，还是说他们和我以前见到的司机们其实是同一批人，他们的吆客声变得很小，在我的印象中，每回路过火车站回家，他们的喊声都几乎把我的耳朵震聋，而现在，他们的声音好像还比不过他们身后早餐摊油锅里的翻滚声——可能是我夸张了，但毕竟回到故乡，人总是矫情一点儿，我甚至矫情到对他们产生出了一种"英雄迟暮"的心酸感。

要么是他们老了，要么是我老了。其实后者的可能性更大一点儿，因为昨晚，也就是从省城坐火车来云梦的途中，我从二十六岁变成了二十七岁。

"帅哥。"一个戴着遮阳帽的阿姨扯住了我。她扬了扬手上的牌子，用很蹩脚的普通话问我，"住宿不？空调热水 WiFi 全包，一百块一晚。"

我摇摇头："不用了。谢谢。"

本来我想用云梦本地的方言来回答，因为这样听起来拒绝的底气会足一些，可是我在口袋里掏火机的时候摸到了今晚回程的火车票，那这也算另一种底气吧。而且我很久不讲云梦方言，特别是在我大三那年全家搬到了省城之后，好多有趣的发音，我现在已经说不出那个韵味。

"老板。"我走到最近的一个小杂店，敲了敲有些油腻的塑料窗口，我想我一出门就丢火机的毛病怕是永远改不掉了，"买个火机。"

我话音刚落，手机就振动起来。不用看我都知道是田蕊打来的。

"陈燃，你人呢？"她应该是刚醒，听起来起床气很重。不过就算是这种无厘头的生气理由，我也得受着，毕竟她是我女朋友。

"我一觉醒来，你人都不见了？你什么意思？"

"我回云梦了。"我用耳朵和肩膀夹着手机，将买火机的钱递给老板。

"云梦？"她在那边沉吟了一下，"你好端端突然去云梦干什么？"

"有事。"我想想我没办法说得更详细了，毕竟连我自己都在怀疑我连夜坐绿皮火车过来的价值——虽然我回来的确是有事，但是我清楚，我有极大的可能会扑空。

"你有什么事？"她不依不饶，"而且你有事你为什么不早和我说，害得我今晚都推了茜茜的约说要陪你过生日。哦，对了，队里你请假了吗？"

"请了。"我是国家二级运动员，大学毕业后一直在省队培训，"你好好玩。"

挂了田蕊的电话后，我靠在公交站牌那里，抽了根烟。

我对她的感情向来比较淡，其实也不是对她，好像从念大学开始，我对人或物就没有以前的那种热情了。大学四年，我整天就知道训练和睡觉，不过我也没什么遗憾或者后悔的，要还是按照我以前的性子，哪怕我就是长跑破了宇宙纪录也进不了省队。用高中教练的话来说就是，太燥太野了，无法服从管教。

我招手，拦下了一辆带着小塑料棚的三轮车。其实云梦现在已经有正儿八经的出租车了，但我还是选择小三轮，既然已经开始矫情，索性就矫情到底。坐小三轮，就当是场怀旧。

"去哪里啊帅哥？"三轮司机加大油门，车子就突突地开始往马路上冲。

"云梦第一中学。"三轮车也还是老样子，车身发出的夸张噪音和破旧座位上的颠簸感，一如从前。

"您慢点儿开没关系，我不赶时间。"

"哦，好，好咧。"司机可能觉得我人还不错，或者说其实越小地方的人越喜欢同陌生人攀谈，他乐呵呵地减慢车速，问我，"你也是回来参加第一中学五十年建校庆典的吧？"

"什么？"我还真不知道。

"就是第一中学的庆典啊。不过还有两天，现在还在准备中，你来得挺早。"

"不是。"我实话实说，对陌生人我向来都很坦诚，"我回来是约了人。"

不到十分钟，我就从火车站到了第一中学。

庆典准备得像那么一回事，校门擦得锃亮，头顶上彩旗飘飘，两旁的道路上都摆满了恭贺的花篮。

"你好。"我看到不远处有一个穿着保安服的人，他正背对着我擦拭一块很长的广告牌，"我是一中以前的学生，可以进去看看吗？"

"啊？"保安听到我的话后停下了手中的动作，回头看我的瞬间，本来平常的脸色突然就变得雀跃起来，他指着我，很兴奋地问，"你是不是就是那个05届的优秀模范生？"

"什么？"我一头雾水，我高中时期要不是靠着专业成绩出类拔萃，早就被学校开除无数回了，怎么还可能是优秀模范生？

"哎呀，你就不要谦虚啦，真是的，优秀就优秀嘛，还不好意思承认。"保安将抹布丢回了水桶，兴冲冲地带我到了广告牌的后半段，他指着一个地方，口气得意，"看，这是你吧？我老杨的眼力那可不是盖的，一次不忘！"

没错。那是我。

保安手指着的地方，的确是我的照片。

只是在2005届我校优秀模范生这句话和我的寸照之下，用红色正楷写出，并且加粗的名字，不是我陈燃。

——是冯卿。

冯卿，就是我选择在二十七岁当天回到云梦第一中学的理由。

得到保安的同意后，我走进了校园。

不过我已经没有多余的心情再去看风景了。我拿出手机，翻到通讯录最下面那个没有备注的号码，拨了过去。其实我也不知道会不会有人接听，或者等会儿通信公司直接告诉我这是空号——毕竟这已经是很多年前的号码。

很久——至少我觉得是度秒如年。

很久之后，我才听到那边响起一个男声，他说："喂。"

2.[冯卿]实实在在踏入过我宇宙，即使相处到有个裂口

我叫冯卿，生于 1990 年 8 月 27 日。

陈燃和我同月同日生，但比我大整整一岁。所以我以前常说，他和我，是世纪之差。

其实关于陈燃这个人，我后来都很少提——不愿意也好，不敢也罢。总之我现在生活的圈子里，没有哪个人知道陈燃。这很好。我很满意。

我爸妈都是很传统的读书人，斯文、聪明、瘦弱。

我当然也差不多，不过更糟——因为我妈怀我的时候正巧遇上升研，熬夜准备论文，压力大，所以我的身体发育总是比同龄人慢许多。从小学到初一，我一直都是全班最矮的那个人。自然而然地，也就成了最容易受欺负的那个人。

"喂，冯卿！"这个声音比电视里的整点新闻还要准时，"站住！"

李天福是整个初一最高的男孩子，所以他顺理成章地登上了年级霸座。我和他小时候住在同一个院子里，不过他爸打牌输掉太多钱之后，我就不知道他家搬到了云梦哪个地方。

"今天的钱呢？"他仰着头，对我伸出脏兮兮的手，"你该不会忘

了每天都要请我们几个喝汽水买弹珠吧？"

"这里。"我从口袋里掏出几块钱，倒也不是怕他，我知道他不敢真的对我动手，我只是有点儿嫌麻烦，毕竟我也不缺这点儿钱。"不过你还是别买汽水和弹珠了。我记得每年这个时候李叔叔的风湿会犯，这里可以买几贴膏药。"

"冯卿！"李天福的脸瞬间憋得通红，大概是觉得丢了面子，于是他瞪着双眼，一个箭步冲上来就揪住了我的衣领，"你这是在瞧不起我？"

"李楞子！"这是在学校比李天福地位更高的人，才可以喊出口的名字。

"你在这儿干吗呢，老远就听见你的吼声。"我没什么表情地看着走过来的人，很高，留着一个板寸头，浓眉大眼，校服袖子挽到了肘关节，邋邋遢遢斜挎着书包。正巧，他走过来后也打量着我，然后抬手就给了李天福的后脑勺儿一巴掌，"欺负女孩子？你能耐啊，李楞子！"

"不是的，燃哥。"李天福急了，他想要解释一下，可是语速又快不过那个燃哥的第二个巴掌，只好悻悻然放开了我，然后带着他的小弟一溜烟儿跑走，末了还不忘用眼神警告我。

"我不是女孩子。"这是我对陈燃说的第一句话。

不过，陈燃也不是第一个误会我性别的人。身材矮小是一方面，其实最主要的还是长相，用老一辈的话来说，就是男生女相。我很白，五官秀气，眼睛下面还有一颗褐红的泪痣。我奶奶那时候还在世，我的头发都是她老人家亲手打理的，她喜欢我留长一点儿的头发，说看起来乖。

"啊？"陈燃有点儿惊讶，仔细盯了我好几眼之后就变得特别不好意思，两只手跟耐不住痒似的，挠完脸后又开始挠头发，"对……对不起啊！我不知道，我就是这么看……"

"没关系。"我理了理被李天福弄皱的衣领，转身准备回家，"谢谢。"

"那个……等等！"陈燃在我背后嚷了起来，"我是初二七班的陈燃，你咧，你叫什么？"

我停下步伐，但是没有回头。陈燃这名字我听过，上个星期打群架被校长在广播里通报批评。

"我叫冯卿。"我本来只想应付了事地介绍一下，可不知道为什么鬼使神差地就加上了一句，"我是初一二班的。"

陈燃从小就特别容易自来熟。

他看我回答了他，立马又追了上来，冲我一个劲地傻笑："那你是学弟啊。刚刚的事你不用挂在心上，不过就是我看走了眼……心里有点儿过意不去。"

"没关系。"我耐着性子重复了一遍。他是从小自来熟，我是从小性子就比较阴冷。

"那个为了表达我的歉意……"陈燃将书包背好，凑过来一个头，"以后，你在初中部，我保护你！谁都不能欺负你，赶明儿我再教训一遍那个李楞子。"

"不用了。"我拐了个弯，我快到家了。

"哦，对了。"陈燃突然皱着眉，很困惑地问我，"你说你叫冯亲，哪个亲啊？亲亲的亲？"

"不是。"我停下脚步，陈燃再跟我走下去，就要进我家小区了，"不是亲，是有后鼻音的卿。"

陈燃还是摇头，一脸听不懂人话的样子。

我想了一下，觉得他肯定也不知道"不负如来不负卿"这句诗。

于是我只好和他面面相觑，大概过了五分钟，我听到门卫大爷把电视从新闻换成连续剧的声音。所以，我咳嗽一声，问他："你看过古代片吧？"

陈燃点头，眼神不由自主地瞥向了不远处那台电视机。

"皇上喊他的手下就是喊卿家的，你知道吧？"我尽力解释，"这下你知道我是哪个卿了吧？"

"知道了。"陈燃眼神一亮，开心地打了个响指，"就是爱卿免礼的卿！"

其实我到现在都没办法用语言去形容，当时藏在陈燃眼睛里的神采。但我不急，因为我从很小的时候就知道，有些东西，特别是感性琐碎的东西，只能意会，不能言传。

我第二次看到陈燃露出类似的表情，是初三开学，我走进他班里的那一刻。

"冯卿？"他惊讶地看着我，下意识地就把手里的肉包子推给了我，"你吃早餐了吗？呸！老子要问的不是这个。"他猛灌了一大口豆浆来顺气，"你来找我也不能不上课吧，这都快打上课铃了，你是好学生，快回去。"

我从小到大朋友很少，我不像陈燃，走哪儿都是呼朋引伴一大群人围着。

那时候的我，已经把陈燃归为我最好的朋友了。毕竟只有他一看到我，就会立马凑上来送我回家，有事没事还会往我桌兜里扔点儿吃的——美其名曰，帮我爸妈促进我的身体发育。

"我就是来上课的。"我把书包放在了他身旁的座位上，我来之前问过班主任了，她说陈燃喜欢一个人霸占两个位置。

"你闹什么，快回去上课。"因为身高差，陈燃摸我头很顺手，"哟，好像长高了一点儿。"

我把写着九年级的教材，一本一本摊在了课桌上，在陈燃和他那群哥们儿惊讶的眼神中，慢条斯理地说道："我跳级了。刚好分到跟你同班。"

陈燃很明显地愣在了原地。也对，像他那种只会跑步的单细胞生物，应该不知道学校其实有跳级考这种制度。不过他很快就反应过来了，他朝我一笑，露出了白白的牙齿，然后抓着我，在全班的注视下，走上了讲台。

"大家听我说。"陈燃特别正经地用力拍了拍身后的黑板。

"冯卿今天开始就在我们班念书了。我把话放这儿，冯卿他是我的人，你们谁也不许欺负他，坐在最后那几个，上课不准再抖腿，也不能影响冯卿学习，知道吗？"一番话下来，陈燃根本没有扭头看过我。因为他正在用他充满孩子气的威严，毋庸置疑地履行着他当初说要保护我的承诺。

接着他稍稍用力地捏了捏还在他手掌中的，我的手腕，小声问道："还有什么没？"

"有。"知道他得意，所以我配合着点头，"我是新任的英语课代表。"

"哦。"陈燃虽然成绩不好，但人很聪明，于是他立马会意地再次皱起了眉头，"以后天塌下来，你们也得给我先交上英语作业！"

陈燃，我不知道你还记不记得在你说完这些话之后，你下意识朝我看过来的眼神——那种只在十五六岁少年眼中存在的，透亮自信，又带着稚嫩英气的眼神。

你还笑了，像是在邀功你对我周到的保护，又像是在安慰我以后的路不会太难走。

陈燃，如果一直这样下去，就好了。

陈燃，如果没有许冰洁的出现，就好了。

3.[陈燃]却没人像你让我眼泪背着流，严重似情侣讲分手

进一中之后，我俩就不同班了。冯卿在火箭班，我在专业班。

其实除了不能同桌外，基本上也没什么区别。就是高中的训练时间加长了很多，每次冯卿都得在教室或者图书馆等我一两个小时我们才能回家。偶尔教练心情不好了，还得吃完饭接着训，冯卿也不会先走，他说，正好他们班主任巴不得他留下来帮忙讲题。

一中食堂的饭菜是云梦出了名的烂，所以晚饭我们一般都会在小卖部里解决。那时候也不知道为什么，我跟中了邪似的特别爱吃泡面，但冯卿不爱吃，他一般就拿牛奶和面包。

不过在我用生命表达出泡面特别好吃之后——好吧，其实可能是我以再也不打架为条件，换取到了冯卿每个星期陪我吃一次泡面的珍贵机会。

那时候的我一直觉得，吃泡面跟吃火锅是一个道理，一定要一起吃才够味。但是在后来，在和冯卿失去联系的那几年里，我失去了这个野心——或者说是闲心。吃什么不是吃，和谁吃不是吃，不被饿死就行了。说实在的，我从来没想过，有朝一日我也会活得这么没意思。

"两桶红油爆椒牛肉面！"

每每到了和冯卿一起吃泡面的日子，我往小卖部桌上拍钱的姿势都帅了好几倍。

"不要。"冯卿拿了一瓶奶，冷冷地扫了我两眼，"海鲜面是我的底线。"

"那行，那行。"我装作很为难的样子，其实就是得了便宜还卖乖，

"阿姨，那我们要一桶海鲜面一桶牛肉面，再来两根火腿肠。"

我遇见许冰洁，就是在这时候。

她真漂亮。一头又黑又亮的长直发，眼睛扑闪扑闪像两颗大葡萄，皮肤也很好，整个泛着一种粉嫩嫩的白，好像只要她笑一笑或者说说话，就会有无数带着果汁味的香甜气息从她身体里涌出来。她太漂亮了，漂亮到我光顾着看她，都忘了走路。

"走了，你挡到后面同学买东西了。"直到冯卿扯了扯我的袖子，我才回过神。

"冯卿。"我一边走，一边压低声音问冯卿，"你相信一见钟情吗？"

冯卿摇晃着手中的牛奶，笑了笑："我还以为你心中只有跑步和泡面。"

"去你的。我说真的，你信一见钟情不？"

"不信，但我信一见起色心。"

"什么意思？"我认真地看着冯卿，连泡面外面的塑料薄膜都忘记扯了。

"就是说你肤浅而已。"

行吧，冯卿说我肤浅我也认了。

一个男孩子喜欢一个女孩子，百分之九十九的原因，就是觉得她好看。特别是像我这种简单粗暴的人，我就是觉得许冰洁是云梦第一美，哦，不，是世界第一美。总之我暗暗发誓，一定要追到许冰洁。

但接下来的事情很狗血，狗血到我恨不得把名叫"生活"的人拖出来狠狠揍上一顿。

因为许冰洁她，成了冯卿的女朋友。

"你真的喜欢许冰洁？"我在图书馆的某个角落里找到了冯卿，那时候我们已经有段日子没一起吃饭回家了——一来是高三之后我们队每天都在魔鬼训练，二来矫情一点儿说，就是我难受，我不想看着他和许冰洁成双成对的，可我又很愚，愚到我也不知道该做些什么才好，索性就躲得远远的，眼不见为净。

"我们这么久没见面。"冯卿漫不经心地翻着他手里那本全英文的《哈利·波特》，眼皮子都没抬，"一来，你就问别人？"

"什么别人？那是你女朋友。"我承认我有点儿不爽。我不是不爽他抢了我喜欢的人，其实冯卿想要从我这里拿走什么我都愿意，何况许冰洁本来就还不属于我。我只是不爽他对许冰洁的态度，在学校碰到过几回，他都是冷冰冰的，反倒是许冰洁总仰头看他，一脸讨好。

"那你喜欢我女朋友？"

"冯卿。"我控制着自己的音量和脾气，"你给我好好说话。朋友妻不可欺，我不是这么不仗义的人。"

"没关系，陈燃。"冯卿笑了，"你不需要那么仗义，反正是我抢了你喜欢的人在先。"

我一时语塞不知道说什么好，夕阳下他眼角的泪痣变得若隐若现。

"你真的喜欢许冰洁？"

在我的沉默中，我和冯卿这次的对话不欢而散。

但更糟糕的事情还在后面，糟糕到——直接让我和冯卿变成陌生人。

我还记得那天中午特别热，我没有在教室里睡午觉，我单枪匹马地翻墙出去教训了三中一个小子，原因很简单，他四处说许冰洁和她妈妈的坏话，说什么是在大城市做了见不得人的事情才被迫回到我们这里避风头。总之，在那个还很闭塞的年代和云梦小城里，这些都是非常刺耳的话，刺耳到我必须打他一顿才能平息我的怒火。

可我没有想到，等我打完人再翻墙回来的时候，我看到了站在墙角下等着我的，冯卿。

"你答应过我，再不打架的。"冯卿站在阳光下，像是下一秒就会蒸发在人间。

"事出有因。"我别开头，一方面是我不想解释那么多，另一方面是我嘴角挂了彩，开口说话有些疼。

"什么事？"冯卿笑了，我确定，那是冷笑。"因为有人说许冰洁坏话？"

"呸！"我往地上吐了一口带血丝的唾沫，憋在心中的气快要炸开，"冯卿我今天就把话跟你挑明了，你要跟许冰洁在一起没关系，我乐意，我陈燃什么都不会，就会对兄弟好，就会对你好。你喜欢许冰洁可以，你们在一起可以，老子二话不说，祝你们幸福。"我走近冯卿，虽然他已经快突破一米八了，但还是比我矮半个头，所以我居高临下地盯着他，"但是你能不能像个男人，对她好一点儿？你知不知道外面那些人怎么说她和她妈的，还说……"

"所以你就这么维护许冰洁和她的家人。"冯卿毫不示弱地回看我，眼睛里一片冰冷，"哪怕明天就是关系着你考大学的体能测试？"

"冯卿。"我突然有些颓败，身体里那些叫嚣着的因子也渐渐安分了下去，我无奈地摊了摊手，"我发现现在跟你没法沟通。"

"那就以后也不要再沟通。"

"冯卿你什么意思？"

"要你滚的意思。"冯卿手一松，这时候我才发现他提着一袋子碘酒和棉签。

"好。"我点头，"我滚，我滚。"

我咬着牙又翻出了后墙，落地的那瞬间太阳晒得我有点儿晕，我伸手想把脑门儿上的汗给抹一下，可一不小心——我好像抹到了自己的眼泪。

4.[冯卿] 很多东西今生只可给你，保守到永久

在我和陈燃关系最好的时候，我们半真半假地说定了一件事。

"你也是 8 月 27 生的？"陈燃拿着我的资料卡大呼小叫。

"嗯。"我点头，"天定的，跟我没什么关系。"

"不是，我不是要说这个。"陈燃兴致勃勃，"既然有缘到同月同日生，那我们难道不该干一点儿有意义的事情？"

"比如？"我将钢笔收起来，侧头认真地看着一脸孩子气的陈燃。

"比如——你看我们是没办法共度十八岁生日了，那我们一起过二十七岁的生日？"

"可是，我们并不在同一年过二十七岁。"

"啊，也是哦。"陈燃顿时就泄气地开始咬我的笔杆子，"那怎么办？"

"别咬了，我的笔很贵。"当时的我望着窗外的蓝天，以为"27"是一个很遥远的数字，"那先给你过二十七岁，再给我过。一样的。"

"老板。"一个女声打断了我的思绪，她抱着一摞书放在了收银台上，"我要这些。"

"好。"我很早之前就在云梦开了一家独立书店，生意不好不坏，就在我扫到最后一本书的条形码时，我的手机在一旁振动起来。我看着屏幕上那排久违的数字，稍稍失了神。

"老板？老板？"顾客等得有些急了。

我抬头，将所有书用袋子装好后递给她："送你，免费的。"

"什么？"她满脸疑惑，"为什么？"

我笑了笑，直到顾客半信半疑地抱着书出了店门口才将那通电话接起。

"生日快乐。"我对陈燃说。

"你……"陈燃在那边明显地顿了一口气，接着他也笑了，他的笑声像是从很久远的以前传来，没有一丁点的隔阂和生疏。他问我，"你为什么要把我的照片贴上去？"

"我那时候没满十八，没法去照相，就用了你的。"

"正好。"陈燃笑得更开心了，"正好我没上过光荣榜，以前还一直偷偷盼望着。又不敢跟别人说，觉得特丢脸。"接着他又问我，"哦，对了，咱们晚上吃啥？"

"泡面。"我关了店里的灯和门，开始往一中走。

"海鲜味？"

"都行。"我在等最后一个红绿灯，还好云梦又小又温柔，连绿灯都来得特别快，"我现在什么口味的都能吃。"

"那冯卿……"陈燃喊我，一辆车过去之后，我看到他站在了对面的一中大门口，他隔着马路冲我笑了笑，浓眉大眼，板寸头，"生日快乐。"

我就觉得我们俩天生一对。
从我八个月开始，我就这么觉得。

———————————— • ————————————

共你
天生一对

＼

明天爱什么，如果你许可，
来让我保管也不错。

1. 你十七岁，早起晚睡，每天要饮几罐汽水

在我卧室窗前出现一个破破烂烂的竹篮子时，我就知道，该日行一善了。

于是我继续用右手转着笔，左手轻车熟路地在书包里摸出一罐草莓汽水，然后手腕稍稍用点儿力，将它丢进了竹篮子里——开玩笑，校队的身手，当然百发百中。

篮子收了上去，可没过两秒，又悠悠地吊在了我眼前。

"大小姐……"我把生物练习册卷成一个长条形，用它把窗户捅得更开了——虽然实际用处不大，但我总觉得这样比较方便我朝楼上喊话，"你行行好，今天我们球队有训练，我是队长不能提前开溜，反正等我

去买的时候，就只有草莓味的了。"

但是小破篮子似乎觉得我这个理由不够诚恳，不仅不退场，反而还别扭地在空中晃荡了两下。

"行吧，行吧，我知道了。"我投降似的站起来，将手探到了篮子里。

果然，里面有一张字条，陶桃桃大大咧咧地写着两个字——开门。

我算了算，好像从我记事起，我就认识陶桃桃了。

因为我爸妈和她爸妈是同一个设计院同一个部门的同事——按理来说，同事之间的关系应该不会真的太好，但我们两家似乎不太一样，从设计院家属区到如今的新规划小区，我们一直都是邻居——换句话来说，就是从我记事起，陶桃桃这位大小姐就一直住在我楼上。

至于她本人，比我小八个月，所以我爸妈一直教育我要让着妹妹，要对妹妹好，谁欺负妹妹就要狠狠地帮她报仇——我爸妈也真是活在梦里，反正我长这么大，还没见到谁能把陶桃桃唬住。

"这么晚了，你下来干什么？"我把门打开，陶桃桃像是刚刚洗完澡。

"你管我下来干什么。"她倒是很不满我这个态度，一股脑地把书包甩到了我怀里，还顺带溅了我一脸她头发上没擦干的水，"你今晚睡沙发，你的床归我了。"

"你都十七了，难不成还真的怕一个人睡？"我靠在玄关处，看她一脸自在地换上了她在我家的专属拖鞋——对，是专属的，一双粉红色的麦兜拖鞋。接着，她又撒丫子跑到了餐厅里开始翻我家的冰箱，因为她知道，我妈总会在里面备上几块她爱吃的起司蛋糕。

"说得好像谁愿意跟你独处一室似的。"她非常利落地白了我一眼，并且在蹿进我房间的时候狠狠地踩了我一脚，"是向叔叔说他们今晚通宵加班，不放心我一个人，所以要我下来睡的，我这是听话。不过你可别说出去啊，不然我男朋友要吃醋的，我好不容易才把他追到手。"

我皮笑肉不笑："既然他这么在乎你，那你把作业丢给他写啊。"

"别嘛，别嘛，晚哥哥……"这丫头的痛处我向来是一踩一个准儿，不过这次倒是让我有些惊讶，她竟然开始喊我晚哥哥——每次她这么肉麻兮兮地喊我，我鸡皮疙瘩都要落一地。

"晚哥哥，这样不好吧？"她笑嘻嘻地跑回了我身边，卖乖似的给我捶手臂，"我刚追到手就让他帮我写作业——搞得好像我追他只是为了要他帮我写作业一样，一点儿都不诚恳。"

"难不成你还真的为爱走钢索？"我睨着俯视她。她是个一米六出头的小矮子。

"也不是……"陶桃桃半张着嘴做思考状的样子最蠢了，"哎呀，反正，你别管嘛，你帮我保密就是了。对了，对了，你看我，你看一下我。"她急急忙忙又满脸期待地站直了身体，"你看我，今天有什么不一样？"

"今天……"我看了好一会儿，经验告诉我答案一般都在头发上，"你剪头发了？"

"向晚！"陶桃桃顿时变了脸色，"是你说柯南的睡衣比麦兜的好看我才买柯南的！结果我穿了柯南你居然没有发现？你……你……"她气急败坏地瞪着我，最终使出撒手铜开始把我往门外推，并且非常有底气地大喊，"你给我滚出我的房间，不要耽误我高考复习奔前程！"

关门声震得我耳膜一颤，看来只要性别为女——不管是四十二岁的我妈，还是十七岁的陶桃桃，都是很难相处的角色。

2.谈恋爱，从来都计较代价，但你和那人会觉得很快乐吗

让陶桃桃千辛万苦舍生忘死才拐上贼船的男孩子叫林源。

隔壁班的副班长，比我矮三厘米。

林源的具体为人怎么样我不是太清楚，毕竟没有很熟，听得最多的一个八卦好像还是某个高二的学妹为了追他耗费了大半年叠了九千九百九十九颗许愿星——当然，这种堪比公式教程但又实在很蠢的办法是追不到人的——但凡被追的男孩子，都稍微有点儿脑子。

可当我站在教室走廊上看着林源和陶桃桃一块儿走向小卖部的背影时，我还是诚恳地希望，林源没点儿脑子才好，毕竟陶桃桃这家伙智商每日不足——一段恋爱中，如果女孩子聪明，男孩子吃的亏说到底也不会太多，可要是聪明的是男孩子，那女孩子，就遭大殃了。

我可不愿意城门失火殃及池鱼，住在楼下的我明明那么无辜——等等，我稍微想了想，至于为什么文科班的陶桃桃会认识理科班的林源，

原因好像在我这儿。

　　大概是四个月前，高考倒计时屏幕上滚动着的数字还有三位。

　　"你的衣服怎么弄脏了呀？"那天我还没坐下来，她就咬着筷子发问了。

　　我和陶桃桃每周五都会一起去食堂吃午饭，因为那天的菜单上有她最爱的糖醋排骨，而我人高腿长，总是能帮她打到一份——当然，她最后吃进肚子里的一定是两份。

　　"衣服？"说实话，我的确是在她问了之后才发现这回事的，溅了一点儿油汤而已，实在不值得浪费进食时间，所以我把餐盘递给她，无所谓地耸了耸肩，"大概是刚刚和别人撞了一下。"

　　"谁撞你？"——陶桃桃也真是奇怪，我后知后觉，她怎么就不觉得是我撞了别人？

　　"林源。你不认识，我隔壁班的。"我顺口一答，"刚刚人太多，我急着往这边走，他急着往那边走，所以就撞了一下，喂……"我急忙按住她的手，"你好好吃饭，突然站起来干什么？"

　　"帮你去讨个公道。"她正气凛然地瞪了我一眼，气鼓鼓的脸颊像是早餐店新出笼的小包子，"你这件衬衫可是我和阿姨一块儿去买的，弄脏了多难洗——那个什么园林的，坐哪儿？"

　　就在我准备起身去替陶桃桃收拾残局时，她就已经满面通红地坐了回来——看来讨公道的时间很短，甚至还不足以我挑干净汤碗里她最讨厌的香菜。

"那个林源……"她像只小鹿似的看着我,"好帅呀!"

"这就是你帮我讨公道的结果?"我开始往她的盘子里送排骨,"还有,你很热?"

"我觉得我对林源一见钟情了。"她刻意压低着声音,但满脸飞舞的神采告诉我她现在兴致高昂,"至于你这个衣服——算了吧,长得帅的人,干什么都能被原谅。"

我百无聊赖地撇了撇嘴:"这难道不是你追你那个前男友时的台词?"

"这次不一样,这次是真的!"陶桃桃为表诚心,甚至发狠似的捏紧了她的小拳头,但我猜她下次还会是这么一个流程,"他是你隔壁班的,那你一定知道他喜欢什么样的女孩儿吧?"

"大小姐,因果关系不是这么算的。"我一边送完了我盘子里的最后一块排骨,一边看着陶桃桃的眼神从装腔作势的威胁变成可怜兮兮的撒娇,"喜欢什么样的我还真不知道,我们不熟。但是,他肯定不喜欢给他叠许愿星的。"

陶桃桃追到林源耗时两个月,办法与过程不详。但对于这个结果,我没有丝毫的意外。

因为这丫头不知道是运气好,还是真的拥有着某种幺学般的魔力,从小到大,只要是她想追的男孩子,就从来没有失过手——尽管最后的结局都算不上一个好字。

不过陶桃桃同志比较坚挺，分手之后不哭不闹不纠缠，最多就是揪着我的衣角让我请她喝一罐蜜桃汽水，然后再皱着眉头认真分析失败的原因。她觉得他们统统不对劲。

"晚哥。"我听到我们队的前锋黑豆在我边上喊了我一声，"你看，篮球场上怎么有人啊？难道我们队周五晚上用场地训练不是全校同学都知道的事情？"

我没有说话，因为我看到陶桃桃正拿着一瓶矿泉水一蹦一跳地跑向了林源身边。

站在篮球筐下的林源接过水，然后用手背抹了一把脑门儿上的汗，最后，从书包里拿出了一罐汽水递给陶桃桃。

"开什么玩笑。"我说。

"就是！"黑豆拍着球不悦地回应，"都什么人啊，用场地也不提前和我们说一声。"

开什么玩笑。

陶桃桃最喜欢的汽水是蜜桃口味的，再不济，那也得是草莓的。

林源这家伙，居然递过去一罐橙子汽水。他在开什么玩笑？

3. 你若爱人，很多顾虑，我也怕给感情连累

说了这么久的陶桃桃，或许也该来谈谈我自己。

不过我这个人比较无趣，根本拿不出像她一样丰厚且壮观的情史——单论这点，似乎大人们常年挂在嘴边的三岁看大七岁看老也不是没有道理。

因为我总记得，在我和陶桃桃念三年级的时候，《西游记》特别火，所以只要一放学，我和陶桃桃就必定是最先回到院里的小朋友。但说来也奇怪，关于看电视这件事，我们既不喜欢在自己家里看，也不喜欢在对方家里看，我们非要一人抱个小板凳坐在门卫室大爷的小房子里看。

大概是看到女儿国国王逼婚唐僧那一集，我们俩都很紧张——当然，我们紧张的不是一回事。我紧张这事儿要真的这么成了，那接下来的西天取经该怎么办，我可不想看师徒四人整天喝那个奇怪的水然后生一堆哭哭啼啼的小孩子，但陶桃桃同志思考的问题就比较有深度了，她担心那个看起来心不甘情不愿的唐僧以后会对女国王不好，也担心唐僧将来要抢国王的位置，她甚至还很担心他们以后的孩子长不出头发——反正在那半个小时里，我们都看不惯对方。

但是等到二楼的刘奶奶给我们送来胡椒米豆腐汤时，先前的争执立马烟消云散，因为陶桃桃不爱吃香菜，而我吃多了米豆腐就感觉喉咙很涩——我们必须进行一场内部分配，所以不得不和好。

小孩了的忘性大是天生的。像我，小学生时代最爱的东西就是刘奶奶那碗汤，上了初中，就开始迷篮球和网游。而我妈对胡椒过敏，所以自从搬家之后，我就再也没吃到过这味佐料。它是冲的，还是辛的，或者是辣中带着一点儿甜的，我早就忘得一干二净。

但因为陶桃桃的缘故，一直到今天，只要我想起《西游记》，脑子里浮现的，就是女儿国国王那含羞带怯的一眼——悄悄问圣僧，女儿美不美——美不美我不知道，但总之圣僧走了。我觉得他做得对，而陶桃桃气了整整两个星期，并且发誓以后找男朋友绝对不找姓唐的。

好吧，闲扯了这么多，我终于要说点正儿八经的干货了——哪怕我只谈过一个女朋友。

平心而论，那或许算不上谈恋爱，初二到高三不过才过去五年，我就连那个女孩子的名字都快记不清了——陈雪还是杨雪，反正有个雪。我觉得我就算再混账，但也不可能会搞错所谓初恋情人的姓氏，毕竟我记性好到连陶桃桃小学二年级在小卖部门口摔了个底朝天都记得。

她是典型的乖乖女，说话永远细声细气，和整天在我耳边炸春雷一般的陶桃桃简直天差地别。她追的我，写了一封挺长的情书，完了哥们儿一起哄，我们就在一起了——其实那时候的在一起，好像真跟谈恋爱没什么关系，就好比看哥们儿都买了双新球鞋，刚好我也能买一双，于是就这么跟着风敲定了——这么一想，我好像还真的挺混账。

我和那个什么雪大概在一起三个月。

那三个月里，陶桃桃每天避我如瘟神，甚至开始往我家门缝底下塞我给她买汽水的钱——也不知道她在别扭什么，仰着一张巴掌大的脸，说不能接受嗟来之食，特别还是别人家的男朋友。

其实，对于这段感情真的没什么好回忆的，印象最为深刻的还是分手之后她整天跑到网吧里来找我，但一般我都装作看不见——因为如果我理她，那么她就会一边哭一边问奇怪的问题，最后我就只能去网管那里下机，然后把她送回去。这个过程我走了好几遍，有些倦了。

"你到底要干什么呀？"

在那个什么雪第一百零一次站在我电脑后面时，陶桃桃终于忍不住地摔了耳机和鼠标。其实，我猜她不是在朝那个什么雪发脾气，而是恨她自己为什么永远看不懂小地图。

"你为什么总要向晚在你和游戏之间做一个选择呢？你和游戏根本没有可比性好不好？你看看喜欢你的人有多少，网吧里玩游戏的人又有多少……"

然后她顿了顿，似乎是在后知后觉对方是个女孩子，所以讲话不能太重："我的意思是，就算你不愿意陪向晚玩游戏，那也别总是要他别玩了啊——谁还没有一个爱好呢，这又不是什么伤天害理的事。你之前还偷偷登录他的账号把他的装备和限量皮肤都卖了，这也太不厚道了吧？要是我男朋友敢这么做，我一定把他剁了混着朝天椒爆炒。"

陶桃桃有理有据，比喻生动，神情激昂，一战封神。从此，那个什么雪彻底退出了我的生活。

我的手机突然响了，陶桃桃发信息问我正在干什么。

"想初恋。"我向来很诚实。

"想什么想，你还要不要考大学了？"隔着天花板和手机屏幕我都能感受到她的咬牙切齿。

"怎么，你被林源甩了？"我拨了一个电话过去，因为发信息实在是太麻烦了。

"放屁！"她接着凶我，"是我甩的他！"但这股气势很快就蔫了下去。"向晚……"她软趴趴地叹了一口气，"为什么林源长那么好看我还是觉得不对劲呢？他昨晚要亲我的时候吓得我连喊了三声有鬼才把他震住……"

"表现很好。"我笑了笑，"把睡衣换了，我请去你吃番茄牛腩小火锅，还有冰镇蜜桃汽水。"

4. 我共你真天生一对，这讲法对不对

我的考场在一楼，陶桃桃的在五楼。

所以当陶桃桃提着一个接近于透明的粉红色塑胶手袋从人群中奋力杀到我面前时，我甚至产生了一种其实我是特意来接她下考的错觉——不过，我和我边上那些急躁又心疼的家长不一样，我不在乎陶桃桃考场里的听力设备是不是足够清晰，也不在乎她的英文作文有没有写完，总之，我们俩都很有默契地没有提半句有关于高考或者卷面答案的话。

我是因为有一种莫名其妙的直觉——好像不管我和她考成什么样，我们终将要去同一座城市同一所大学里念书。至于陶桃桃，大概是在操心我们到底能不能在一片交通瘫痪中及时赶到电影院。

"怎么，才刚考完就急着去私奔啊？"

在陶桃桃连续催了四遍快点儿之后，摩的司机终于忍不住趁着红灯的空隙挪揄了她一句。

"不是，但是赶着去做一件比私奔更重要的事情！"陶桃桃坐在我前面，本来就松松垮垮的马尾被风吹了一路之后变得更加凌乱，"真的，师傅，我不骗你，所以您一定要快一点儿，我的电影还有四十分钟就要散场了。"

"真是搞不懂你。"我用手臂轻抵着电梯门，直到陶桃桃彻底走进去之后才松开，"明明知道我们四点钟还在考试，你为什么要买这个时间点的票？不是还有六点之后的吗？"

"你懂什么！"陶桃桃很不爽地瞪了我一眼——的确是瞪，所以我开始猜测她是不是真的英语作文没有写完，"我今天的运势告诉——哎呀，你管我！我就喜欢看最后的高潮和结局。"

"行，行，行。"我看着陶桃桃眼底的乌青，决定什么也不跟她争，"早点儿看完早点儿回家睡觉，你看看你的眼袋，都快……"

"向晚你闭嘴！"陶桃桃毫不客气地往我手臂上打了一下，"说了一万遍了，我这个叫卧蚕！"

好吧，管它是卧蚕还是眼袋，反正我知道接下来的电影会很难看。

这场国产恐怖片的入座率比我想的还要惨淡一些。

陶桃桃扯了扯我的 T 恤，示意我往最后一排走。

"干什么？"我刚一坐下来，银幕里那个女鬼就开始鬼吼鬼叫，"我们不是五排的票……"

"我怕鬼，所以要坐到后面一点儿。"

"你怕鬼？"我伸出手背，打算去探探她额前的温度，"鬼怕你才差不多吧？"

真奇怪，陶桃桃居然没有打开我的手，也没有嚷嚷着跟我贫嘴，她甚至连看都不看我，只是一动不动地盯着前方，好像这个电影真的非常吸引人一样。

于是我也受她影响，开始认真地跟随那个女鬼回忆起她伤心的往事，但实在是无聊又矫情，我坚持了大概三分钟，倦意就开始吞噬我的脑袋。

"向晚？"迷迷糊糊中，我听见陶桃桃在叫我。

"嗯？"太困了，我懒得睁开眼睛，反正她长什么样我清楚得不能再清楚。

"你现在很困？"——明知故问，这个问题不提供答案。

"那我做个实验？"她又问。

"什么……"我话没有说完，就感觉嘴唇上被什么东西极快地摩擦了一下，很软，是热的，还有点儿香。

于是，我睁开眼睛，看着陶桃桃故作正经的侧脸，问："你刚刚干了什么？"

"没干什么……"她不太自在地咬了咬下嘴唇，"就是做个实验。"

"那结果如何？"我将撑头的手垂下来，身体的重心开始往陶桃桃所在的方向靠。

"跟我想象中差不多，"陶桃桃也不甘示弱，直接将脸凑到了我脸跟前，"你很对劲……不对，你是最对劲……也不对，反正，和你靠得很近很近我也不会心里发毛然后想推开。"

陶桃桃看起来很认真，她盯着我的眼睛，一字一句地说："哪怕我现在看的就是鬼片。"

小破篮子又晃晃悠悠地吊在了我的窗前，我捞了一把，里面是一张字条。

——射手座今日适宜看电影并且向对方表白，而金牛座今日适宜接受一段恋情的产生。

"说得对。"我朝楼上喊了一声。

——可是还说了射手座和金牛座的相配指数只有百分之四十，是不甚乐观的一对。

"你也差不多是个大学生了，能不能好好读书不要信这些乱七八糟的东西？"

我皱着眉，一边找笔，一边将陶桃桃给的那张字条整个翻转了一面，然后我一笔一画、仔仔细细地写着：我就觉得我们俩天生一对。从我八个月开始，我就这么觉得。

因为我莫名其妙地很想念她，
哪怕她现在就在我的眼前。

———————————●———————————

树与风，
朝与暮

＼

朝朝暮暮，周而复始。我们本身，就代表着这世
间的永恒。

1.[秦朝朝] 我最讨厌秦暮了

我发誓，秦暮绝对是我这辈子最讨厌的人，没有之一。

所以我才会在接近十二点的时候这么用力地敲他的门，哪怕他还有
十几天就要高考了——可是有什么关系呢，反正他又不读书。

"喂，秦暮。"他比我大两岁，但我从不叫他哥哥，"开门。"

我拿了着一个大玻璃杯，里面盛的是妈妈拜托同事才买来的进口牛
奶，听说可以增强记忆力，还能促进睡眠。总之现在都是这样，不管什
么东西，只要加上了进口两个字，不管多平常，都能被吹得天花乱坠。

"喂，开门！"我不耐烦地踢了门一脚，然后爸爸的声音就从一楼
客厅慢悠悠地传了上来——

"朝朝啊，你声音小点儿，隔壁邻居都睡了。"

"哦……对不起。"

不过我这句道歉不是说给爸爸听的，也不是说给那个倒霉的邻居听的，我声音很小，是说给我手中这杯牛奶听的——由于我刚刚踢门的动作，它们有好几滴都溅到了我的手指上。我想，我一定弄疼它们了。

"来了。"在我准备踢第二脚的时候，秦暮将门打开了，"吵什么吵，回你自己的房间写作业去。"

我忍无可忍地对着他翻了个白眼，顺道看了看他的电脑屏幕，那上面一片灰白，哦，原来他刚刚是被对方英雄给击杀了，难怪愿意起身给我开门。

"妈妈要我来给你送牛奶。"我没好气地把牛奶往他手边一推。

他皱起了眉头："你挡着我的小地图了。"

"秦暮。"该死，我又喊出了这种劝解和说教的语气，明明我已经在心中发了一万遍不准自己再管秦暮的毒誓，"你知不知道你马上就要高考了？"

"知道。"我绝对没有看错，他的笑容里竟然有一种如释重负的轻松，"操场上倒计时我天天看着呢，还有十四天就解放了。"

"解放？你每天逃课谈恋爱打游戏的，你有什么脸说解放两个字？"

"秦朝朝。"他停下了不断点击鼠标的手，认真地喊了一句我的名字。秦暮的声音真的很好听，可他这么喊我我就是觉得讨厌。

自打我记事起，他都是喊我阿朝的。他变了。

"你是我妹妹，你才十六岁，能不能不要像个老妈子一样每天碎碎念？"

不知好歹的浑蛋。我在心里狠狠地骂了一句。

以前不是这样的。

不管是秦暮本人，还是我和他之前的相处，都不是现在这样的。

他从小就聪明，成绩也特别好，一直都是各种竞赛的常见冠军，爸妈一直以他为傲，他对我也特别好，从来不会欺负我，也不会对我无伤大雅的恶作剧和小脾气动怒，更不会介意我不叫他哥哥，甚至有些素未谋面的人因为朝朝暮暮四个字误会成我是姐姐的时候，他也从不生气。

三年了，自从秦暮念高中开始，他就变得不学无术。

虽然我知道家里没有人放弃他，但最初那种激烈的反对和迫不及待的拯救，早就在时光的消磨中变成另一样东西了——无言的容忍。换句话来说，就是麻木。

我做了一个深呼吸，想到这些事我还是会有点儿难过，但我已经不会像最开始那样躲在被子里或者躲在爸妈叹气声后偷偷掉眼泪了。就像爸妈说的，朝朝长大了。

"哦，这个。"秦暮这时候好像才注意到他手边的牛奶，他快速地瞄了一眼，问我，"又是妈从哪里买的？"

"欧洲，某个城市。"我偃旗息鼓，没有继续跟他争论下去的欲望。

反正也没什么用。

"那一定很贵。"

"废话。"

"你喝了它。"往往只有在这时候,我才觉得以前的秦暮并未消失,从小有什么好吃好喝的他总是想尽办法塞给我,"我打游戏,没时间。"如果,我是说如果他不加后面这句话。

"不用了。"我冷笑着往门外走,"谢谢你的好意。我暂时还没有缺德到跟高考生争吃的。"

"秦朝朝。"我听见他狠狠地提了一口气,然后他上前一把抓住我的手腕,"你跟我好好说句话会死?"

"会。"我回头,答得斩钉截铁。

"你……"秦暮的脸色突然变得更糟糕,他盯住我的左半边脸,眉头皱得更深了。他问我,来势汹汹的口气里夹杂了一丁点儿小心翼翼,"谁打你了?"

这次我没有回答,我的眼神又莫名其妙地瞥到了他的电脑屏幕上。他所在的队伍胜利了。

2.[秦暮] 其实我想念阿朝

我站在校门口,看着操场上那块巨大的 LED 屏——还有十天。

"嘿,秦暮,你一定等很久了吧……"俞米的声音隔着半米远我都听得一清二楚,然后她像个训练有素的士兵一样,准确无误地在半秒内钩住了我的手臂，对我笑了笑，"对不起哦，不会怪我吧？"

"不会。"我本来想借着插兜的动作来逃离这份至少是我觉得尴尬的亲密时，俞米又不依不饶地缠了上来，我之前就说过的，她训练有素。

忘了说了，这个俞米是我女朋友，隔壁班的，长得像个洋娃娃。

接受她的理由很简单——当时我把所有能干的坏事全都干完了，除了谈恋爱。

俞米跟我表白的时候，秦朝朝的同桌刚好路过，我想了想，如果接受了俞米，那么秦朝朝一定会义愤填膺地回去向爸妈告状。那时候他们还没有对我完全死心，我需要压死骆驼的最后一根稻草，而俞米出现得正是时候，于是我就顺手把俞米揽在了怀里。

一切天时地利人和。

但如果，我要是知道无意中会让俞米知道那件事的话，那么不管这根稻草有多厉害，我都会选择放弃，可——算了，我只是个凡人，我没办法先知。

"秦暮，我前两天路过商场的时候，看到一条裙子可漂亮了。"俞米的世界很简单，永远只有好看的衣服和减不完的肥，尽管她很瘦。

"哦。"我点头，俞米说的话我基本上都不太感兴趣。

"秦暮。"我的心不在焉估计又让她觉得委屈了，她撒娇般拉着我的手摇晃，"你到底有没有在听我说话啊？眼睛看哪儿呢你？"

我哪儿也没看。我只是看到了路过的秦朝朝。

很显然，秦朝朝也看到了我，以及挽着我手臂说个不停的俞米。

更显然的是，秦朝朝不想理我。不太对劲。我不是说她不愿意理我这个行为不对劲，我是指她今天的眼神不对劲。平常在学校里碰到时，她还总会扔几个鄙视或者唾弃的眼神过来，可今天，她甚至来不及在眼睛里掺杂进情绪，就快速地消失在了街角，那个方向不是回家的路——她像是在躲什么人。

那天晚上等秦朝朝睡了之后，我悄悄进了她的房间。

她还是那几样习惯，枕头边一定要放本书，有时候是历史有时候是英语，床头柜上得放着一杯满满的凉开水，还有最重要的——她怕黑，一个人睡的时候得开灯。

"秦暮。"六岁的她拖着软软的嗓子喊我，"为什么不能和你睡了啊？"

"因为我们长大了。我是男孩儿，你是女孩儿，不能在一起睡了。"那年她六岁，那我就是八岁。

"为什么啊？"她不解地摇头晃脑，手里还紧紧抓着一个我给她的棒棒糖，我记得是草莓牛奶味的。"明明以前我们都是一起睡的啊……"

我好像从很小的时候开始，最受不了的就是秦朝朝露出委屈的神色。

"那这样吧。"我像个大人般严肃地思考了很久，"以后你在我床上睡着了之后，我再把你抱回你床上，好吗？"

"可要是我半夜又醒了怎么办？我怕黑。"

"那你就敲敲这个墙壁。"我指了指隔开她和我房间的那堵墙，"你一敲，我就知道你害怕了，我就过来陪你。"

"无论多晚吗？"

"无论多晚。"

"啊，那这样我就放心了。"秦朝朝心满意足地将棒棒糖塞进了口中，混沌不清地跟我说，"秦暮，其实长大好像也没有那么可怕嘛。"

秦朝朝在被子里翻了个身，我警觉地朝门的方向退了两三步。

但还好，她没有要醒过来的迹象，不过她眉头紧皱着，好像在做噩梦。

阿朝——我必须这么喊喊她。

因为我莫名其妙地很想念她，哪怕她现在就在我的眼前。

我重新朝她走近，想仔细观察一下她的左脸颊，也就是伤口所在的地方。

她头发多，再加上她又特意将头发披下做遮掩，所以平时很难发现，我甚至不知道她这个伤口有多久了，但现在，在壁灯柔和的照耀下，那些伤口似乎变得大方了点儿，不像刚刚在我房里时那么拘谨，它们拨开了秦朝朝细软的发丝，跟我分享着它们的全貌——不止那一两条暗红色的血痂，那一整块地方，都泛着青色的肿胀。

该死。我想我不能再继续看下去了，因为再看下去，我可能会控制不住在我身体里翻涌着的怒意，我可能会不管不顾地要从她嘴里问出那个始作俑者，但我清楚，她不会告诉我。毕竟她现在跟我说句无关紧要的话，都像是在任务行事。

既然如此，就没必要吵她休息了。我自己来解决。

秦朝朝刚刚拐弯的方向，七折八绕地走进去，是一个死巷子。

我跟着秦朝朝走到巷子尽头了，可我依旧没有收获。

我只看到她的书包被甩到一旁，而她自己无力地坐在地上，大概是墙面太过老旧，她蓝色的校服上沾了一层薄薄的灰，换作平常她一定大呼小叫地说脏死了，但现在她好像有更重要的事情要做——她的脸埋在膝盖处，肩膀不停地在抖动，像是哭得非常伤心。

夕阳洞悉一切，却又包容万物，它怜悯地将它的余晖斜斜洒下，笼罩着我，也笼罩着秦朝朝。

然后我知道，这个巷子里，除了我和她，没有第三个人了。

3.[秦朝朝] 十五六岁的年纪

这几天秦暮好像一直都在跟踪我。

高三已经进入了最后备考期，如果我刚刚上体育课时没有看错的话，那就是还有七天。秦暮早在十天半个月之前就交了一张请假条上去，理由是高三楼太压抑，他待不下去。

尽管如此，我每天放学还是能在校门口看到秦暮，他总是靠着脏兮兮的树干。这时候往往会有带着暑气的晚风拂过，于是秦暮顺理成章就变得更打眼了，可能是因为就他一个人没穿校服的原因吧，总之他从头到脚，都流淌着一种很落拓的少年感。这种少年感让他与众不同。

如果俞米不出现的话，我想我不仅会将"好像一直都在跟踪我"中的"好像"去掉，我还会细细描述一下秦暮究竟如何的与众不同，但俞米总会出现，所以秦暮就只能变成与众不同的浑蛋了。哪怕我知道他其实非常担心我的伤口，但我就是不想承认他的关心。

没什么原因，就是不想。

本来嘛，十五六岁就是做任何事情都不需要原因的年纪，当初秦暮不也是这样？没有任何原因的就从资优生变成了如今的鬼样子。我跟他虽然差了两年，但毕竟也是同一个娘胎里出来的，那么我是不是也可以像他一样，在这个年纪不问缘由地稍稍任性一下呢？别大惊小怪了，爸妈已经失去了一个优秀的秦暮，绝不能再失去中规中矩的我了。我不过就是不愿意承认一个人的关心罢了，说起来，也不算多过分吧？

况且——好吧，我终于要坦诚了。我是在躲人，我没有多余的时间去琢磨秦暮那份突如其来的关心有多真，既然没法确定，那索性就否定，省得到时候自作多情，十五六岁除了做事情不需要原因外，还特别怕丢脸。

"高一五班的秦朝朝，对吧？"其实整件事从头算起也没有什么了不起的地方，喊我的人是一个高个子男生，我不认识他。

"你是……"我怯怯地望着他。秦暮以前说过，说我只有在他面前才会暴露出本性，至于别人，都被我柔柔弱弱的小兔子外表给欺骗了。

"你不认识我。"他笑了，看起来不像是来找我麻烦的——好吧，我当时压根儿就没有想到这个想法会错到离谱，他虽然不是专程来找我麻烦的，但是给我带来了麻烦，这两者差别不大。

"我叫李延恺。"他给我递过来一瓶纯牛奶，"跟你哥哥一届，不过我是一班的。"

哦，那又怎么样？这是我心里的第一反应，一班又怎么样，如果秦暮不变坏的话，那也是一班的，所以有什么了不起的，自我介绍里还非要扯上秦暮。

"谢谢。"但我当然不可能说出那么失礼的话，秦暮概括得很准确，在别人面前，我就是只乖顺的兔子。"我不渴。"

"给你你就拿着。"李延恺的笑意加深，直接将瓶子塞到了我的手里，"不是喜欢喝吗？我听说你喜欢喝这个。"

就在我在心里纠正其实是秦暮爱喝纯牛奶的时候，李延恺将手伸出来，十分自然地揉了揉我的头顶。他说："注意你很久了，想到马上就要毕业，一些该说的话还是得说出来，这样才不会留遗憾，你说是吧，秦朝朝？"

李延恺的台词很像我同桌手机里缓存的台湾偶像剧，那么接下来发生的事，自然也不会偏差到哪里去。可能因为那几天李延恺找我找得过于频繁，终于，在某天放学回家的路上，他的追求者来找我的麻烦了。

　　领头者很高挑，眼线画得很长，她没有开场白，抬手就给了我一巴掌，在我偏过头去的瞬间，她还用指甲最锋利的地方用力地在我脸上划出了两道印子，一气呵成，经验十足。

　　"现在知道勾引李延恺的下场了吗？"她得意扬扬地欣赏着呆立在原地的我，"怎么样，知道了吗？"

　　不知道。

　　我不知道，我不知道当初秦暮被爸爸用力扇耳光的时候，是不是也是这种火辣辣作痛？可能好一点儿，因为爸爸没有长指甲；或者更坏一点儿，毕竟对面这个人的力气不可能有爸爸那么大——我的脑子里一片混沌，我想我真是太奇怪了，居然在这种情况下都可以跑神。果然就像秦暮说的那样，我的脑回路跟别人不同。他可真讨厌，轻而易举地，就把什么都说对了。

　　那群人骂骂咧咧地警告了我两三句之后就潇洒地扬长而去了，我蹲在地上捡着散落一地的书和本子，在捡到最后一本历史书的时候，俞米从角落里走了出来。

　　"疼不疼？"她从口袋里递给我一包纸。显而易见，她见证了我被打的全过程。

　　"不疼。"当时秦暮也是这么回答我的。

　　"哦。"她点点头，"那就好。"

　　"谢谢。"我将纸从我脸上拿下来的时候，我才发现不只有灰尘，还有血迹。

“媛媛她们下手可真够狠的。”俞米不满地噘了噘嘴，像是在说一道菜的咸淡。

“没关系。”我把纸巾递回给她，重复了一遍，“没关系的。”

我的潜台词是——你不要把这件事告诉秦暮，拜托了。

4.[秦暮] 不回答，那就是值得

“秦暮。”俞米坐在我对面，有一搭没一搭地用勺子搅着已经化成水的冰沙，“你就不能好好地看我一眼？还有三天，还有三天我们就毕业了。”

对。我停下了正在翻漫画的手。还有三天。

“要不你回家看看最后划的重点吧，说不定到时候还能蒙对几道题。”

“秦暮！”俞米提高了音量，把冰冷的铁勺子丢回了玻璃碗里，“我九月份就要被我爸送去澳洲了，你就不能好好看我一眼？秦朝朝都能为了李延恺忍气吞声地挨打，看来你们俩果然……”

“俞米。”我快速地打断了她接下来想说的话，然后我听见我头顶的空调嘀一声停止了运作。我知道，此时室内温度已经达到了遥控器上所设置的度数，同时，我想我也知道了那些动手打秦朝朝的女孩子，是为了谁。

李延恺这名字我有印象，高一入学考试的时候，他的名字在我下面。

"李延恺。"今天日子好，高一高二已经放假，高三在进行最后的考场布置，他一走出校门，我就认出了他。

"秦暮。"原来他也认识我。

"你喜欢秦朝朝？"我开门见山。

"其实也不算喜欢吧，就……"

李延恺话还没有说完，就被我一拳头揍到了地上。

看热闹的人总是能适时地尖叫出声，俞米追了过来，但她没有办法阻止我，她只能看着我在这些尖叫声中又揪起了李延恺的领子。

我恶狠狠地盯着嘴角出血的李延恺，眼前却不断浮现出，秦朝朝那晚在壁灯下的伤口。

我知道秦朝朝绝对不会喜欢这个自大的家伙，但就是因为她不喜欢，所以她才不值得去受这个罪。当然，更让我生气的是李延恺，我没有办法原谅他一脸轻松的表情和他刚刚说的那句——其实也不算喜欢吧。

我不知道怎么去形容我此刻的感受，我只觉得我的五脏六腑都在被人硬生生地拉扯，我从头到脚都燥着一股气，我只知道我的阿朝，因为一个她不喜欢，也不喜欢她的人，被这个世界莫名其妙地伤害了。这真的比杀了我还让我憋屈。

我忘记我最后揍了李延恺多少拳。来之前我想好了，要是他喜欢秦朝朝，我打他是因为他不是男人；要是他不喜欢秦朝朝，那么我打他，是因为他不是人。

在教导主任惊慌失措赶来分开我们时，我隐隐约约地听到李延恺的声音，他吐了一口血唾沫。他说，秦暮，这个时候你来装什么好哥哥？这三年来你什么操行你自己不知道？

我钝重地吸了一口被太阳烤热的氧气。我知道，我当然知道。

李延恺右手骨折，浑身多处软组织挫伤，没什么要命的伤，但他没办法参加三天后的高考了。

学校领导十分生气，他们的口径出奇地统一，说我拖垮了同学的大好前途和学校的升学率，当然，我知道他们的重点在学校的升学率，这点就足以让他们忽略我为什么要打人这个问题。

"别跟着我了，你自己回家吧。"我回过头，看着半米开外的俞米。

"你真的值得吗？"她的眼妆好像哭花了，反正眼睛周围都是红的。

我没回答。

"你真的值得吗？"俞米朝我大喊，"为了一个来路不明的杂种，把自己糟蹋成这个样子，你真的值得吗秦暮？"

"啪！"

我听见一个瓶子坠落在地的声音。

然后它骨碌骨碌滚到了我的脚边。是纯牛奶。

5.[朝朝暮暮] 是神的旨意

秦暮毫无悬念地被取消了高考应届生的资格，爸妈花了很多钱，才免了一场官司。

最后他被爸爸安排到了邻城一个很出名的全封闭高中里复读，打算明年再考。

火车票也买好了，尽管离那边高中开学还有一个半月，但秦暮坚持要提前走，反正只要是他坚持的事情，没有谁可以动摇得了。

现在是六月十一号，我还没有放假，我的桌子上仍旧摆着一大堆没做完的练习册，红的是英语，黄的是数学，还有那本绿的是政治——好吧，我决定放弃我拙劣的演技了，我根本就没有心思看它们。明天秦暮就要走了，我心乱如麻。

最终我还是抬起了手，轻轻地敲了敲那堵墙，然后我听见，秦暮房间的门，开了。

"秦暮。"我小心翼翼地站在他的房门口，他没有开灯，房间里黑漆漆的。

"嗯。"声音从床上闷闷地传来，我眯着眼睛仔细看了好一会儿才适应黑暗，原来他的行李就摆在了我的脚边。

"我……我打扰到你了？"我已经很久没有跟他这么好好说过话了。

"没有。"秦暮坐了起来，他的眼睛很亮，他问我，"这么晚还不睡？"

"我怕黑，我……"说实话，我就是有些害怕，但我现在怕的并不是我话里的那个黑。

秦暮笑了笑："是作业没写完吧？"

"秦暮，我今晚可以睡你这儿吗。"

"你先回答我几个问题。"

"你说。"

"你对李延恺那家伙有意思没？"

"你明知故问。"我不满地嘟囔，"我喜欢他干吗躲着他。"

"好。"秦暮像是很满意我这个回答，"那那天在巷子口里，你哭什么？"

"我才没有哭呢。"我不愿意承认，"这是秘密。"

"怕了你了。"秦暮拍拍床，示意我可以过去了。

我知道秦朝朝不是我妹妹这件事，是在我初三暑假的某个深夜，爸妈吵架时我听到的。

我听到的时候他们已经过了最激烈的时刻了，剩下的都是些鸡毛蒜皮的内容，比如关于秦朝朝的——唉，早知道暮暮这么聪明会读书，当初在医院就不抱朝朝回来了，就当我们没有女儿福呗，死肚子里就死肚子里了，还捡个弃婴回来费心费力地养着，有时候觉得真多余。

"秦暮。"我们一同坐在床上，她拽着我的被子，深吸了一口气，我知道她要问那个问题了。"我真的不是爸爸妈妈的孩子吗？"

"嗯。"她都听到我和俞米的话了，所以我没办法骗她，但我郑重强调，"不管你是哪个爸爸妈妈的孩子，你都是我的妹妹。"

"什么啊……"我听见她轻轻地笑了笑，可能空调开得有些低，她往被子里钻了几分，发尾扫到了我的胳膊，"哪有你这样的。"

"那你之前那个妹妹呢？"她好像要打破砂锅问到底了，"我的意思是，妈总不可能凭空多出一个女儿吧？就是我的意思是那之前那个的呢？"

"死了。"我知道她想表达的是什么，"其实我也不知道是妹妹还是弟弟，是个死胎。反正现在你是我妹妹。"我顿了顿，"这比什么都重要。"

然后我伸手去拉窗帘，就是为了不再看她，因为我知道她现在一定眨巴着眼睛使劲地在憋眼泪。

"你变坏……是因为我吗？你觉得你变坏了爸妈就会更爱我这个外人……是吗？"

"不是。"虽然我这么讲她也可能不会信，但我必须这么讲。

我不可能告诉她，我不容许有这样的事情发生，我不容许有人将多余、杂种等词汇加诸在她身上，我也不容许她受到那些不该受到的伤害，爸妈不行，俞米不行，李延恺更不行。

这对我来说是没理由地固执。她既然被神的旨意送来我身边，那么我就不能辜负神的一番美意，我更不能辜负阿朝她本人，她不是多余的，更不是杂种，她是神送给我的礼物。她清白且无辜，她是最好的。所以我必须为她战斗，哪怕会毁了我自己。

但我不能将这些话说给她听，因为我说了，她的眼泪就没办法忍住了。

"骗子！秦暮你就是个骗子，你明明……"

她哽咽着被我揽进了怀里，我轻轻拍着她的背以示安慰，恍惚间，我觉得她变成了十二岁的阿朝、八岁的阿朝、四岁的阿朝、躺在婴儿床里的阿朝。我抱着她，她的眼泪浸湿了我。

"阿朝。"我终于可以这么喊她了，我比她更想念这个称呼。

"我会换一个更好的方式守护你。我发誓。"

她哭了很久，哭到没有力气再说话，才沉沉地睡过去。我替她掖好被子，她的脸被浸泡在温柔的月光中，显得年轻又娇嫩。我清楚地知道，我和现在这个睡在我身边的人没有任何血缘关系，我和她，是被两堆完全不同的 DNA 组成的生命体。

但是这又有什么关系？反正三个小时后天就会亮起来。

然后朝朝暮暮，周而复始。就像我和秦朝朝一样，本身就代表着这世间的永恒。

没有名字
的婚礼

╲

门外宇宙太虚幻，谁为你做过晚餐和早饭。

1.可能的，可以的，真的可惜了

"怎么样，好看吗？"

甘绿站在展览台上，一把拉开了米黄色的流苏帘子。

她没有穿高跟鞋，繁复夸张的婚纱裙尾就像是被打翻的牛奶一样淌了满地。

然而坐在沙发上的邬时遇只淡淡地扫了一眼，又重新低下头去。

他的手里是一本 2014 年关于欧美足球的体育期刊，既过了时效，也不是他最喜欢的运动，不过没关系，在此时此刻，他并不怎么介意。

"邬时遇。"

在非常不痛快的时候，甘绿喜欢连名带姓地用一种命令的口吻对邬时遇说话。

于是不知不觉中，她扬起了下巴："看我，我在问你话。"

"帘子是遥控自动的，你用蛮力拉它，容易坏。"邬时遇漫不经心地翻了一页，没有抬头。

"所以呢？"甘绿冷笑了一下。

"你可以试着换下一套。"

"换一套是吧，好的，没问题。"甘绿弯下腰，费了好大的力气才将五分之一的裙尾抱进怀里。她想，果然少女心和公主梦从来都只是活在想象中的轻飘柔软，一旦坠到生活里，就变成了实打实的力气活，"但是我问你，你知道我身上的这套是今天下午的第几套吗？"

她从展览台上下来，跐拉着婚纱店提供的一次性拖鞋，停在了邬时遇的正对面。

二人之间，只隔了一个茶几。

"第九套。"

邬时遇这会儿才开始认真地打量着眼前的甘绿。

婚纱很白，做工精致，云雾缭绕似的裹住了她锁骨以下的位置。

没有盘发，只是为了试婚纱时方便一点儿而随意扎了个低马尾，但这不影响她脖颈的优美与紧致——以及空荡荡。他以前送过她一条项链，至于是什么时候不见的，他自己也想不起来了。

"所以，邬时遇，你就是故意要我，对不对？"正确的数字让甘绿不由得开始咬牙。

"别，别，甘小姐……"

一直陪着甘绿试婚纱的女经理大概是感受到了空气中剑拔弩张的味道，赶忙出来笑呵呵地打圆场："别生气呀，先生哪里是要您呢？这辈子就结这么一次婚，婚纱自然要慎重选择。是，试婚纱的确很累，可是他也一直坐在外面陪着您呀，我见过那么多对新人，好多新郎都等得睡着了或者直接走人了，由此可见他多爱您呀。"

"什么爱不爱的，我又不是小姑娘。"甘绿的怒气的确消了不少，但取而代之的，是另一种烦闷的情绪，"谁知道这辈子我要跟几个人结婚。"

"还说不是小姑娘，不是小姑娘能有这么细的腰？"

见邬时遇没有什么反应，经理也只当甘绿是在开玩笑："其实您先生说得也没错，您可以再试试别的。这条蕾丝大拖尾裙的腰部尺寸对您来说太宽松了一些，现在可以用别针卡着，但是婚礼上这样就不美观了。因为如果您只是租婚纱的话，我们是不提供裁剪服务……"

"行了，行了，我知道了。"甘绿有些不耐烦地摆了摆手，"那麻烦你再去帮我找几条大拖尾婚纱吧，蕾丝什么的无所谓，一定要大拖尾。放心吧，我不租，我买。不会白耗你们时间的。"

打发走经理之后，甘绿才正儿八经地找准了一面全身镜。

她愣愣地盯着镜中的自己看了好几分钟，又煞有介事地转了一圈，但还是觉得不对劲。

"喂，你是不是也觉得我哪里怪怪的？"

甘绿有些苦恼地摸了摸后背那一排别针，她想她等会儿一定要告诉那个女经理这些别针卡得太紧了，就算是有着细腰的小姑娘，也有些喘不来气。"是因为没有戴头纱吗？还是因为口红的颜色不够亮？我怎么总觉得……"

"你为什么不试试鱼尾款式的婚纱？"邬时遇站了起来，"我记得你大学时说过喜欢鱼尾的。"

"那是因为鱼尾……"甘绿说到一半，却像舌头被烫到般停了下来。很快，她的声音和表情都变得莫名烦躁起来，"关婚纱什么事？你没听见我问的是头纱和口红吗？"

"你又发什么疯？"

邬时遇觉得有些奇怪，明明他都已经绕过茶几，离甘绿只有几步之遥了，他却忽然觉得，她站在一个离他很远的地方。

"我只是……"

"你只是什么？"甘绿干脆，甚至是带了些力度地回头盯着邬时遇，"只是想带着我回忆一下当初青涩懵懂的爱情？我告诉你邬时遇，这招对我没用。婚纱我想试哪件就试哪件，想买哪件就买哪件，这是由我来决定的事情。至于你——"

她优雅地将头转了回来，对着镜中的邬时遇缓慢且柔软地笑了一下："你就继续关心那排自动帘子吧，或许你也该在弹烟灰的时候关心一下脚底下的地板——它看起来也没比帘子便宜多少。没记错的话，这里是禁烟区吧？你骗不了我的，邬时遇，在我试第四件婚纱出来的时候，你看过来的眼神，分明就是刚抽过烟的眼神。你可真没素质。"

邬时遇知道自己又输了。

他可以忍受一整个下午都在做着一件对他来说毫无意义，甚至是有些残忍的事情，也可以忍受婚纱店里浓郁的香味和茶几上过期的杂志，唯独不能忍受的，就是来自甘绿的挑衅。

他走到她身后，本来是要替她解下那一排别针的，他看得出来她有些难受。

"你干什么？"

甘绿一边揉着自己发痛的手腕，一边靠着试衣间里那扇薄薄的木板喘气。

五秒钟之前，邬时遇拽着她，把她从宽敞的大厅扔进了这个逼仄的角落。

"难道……"她仰起头看他，没褪干净的笑意在此刻又卷土重来，"你也想在试衣间火一把？"

邬时遇皱着眉，两只手托住甘绿的腰，将她整个人悬空地提到了一个能与他平视的高度。

这是以前两个人吵架时惯用的姿势，源于某次吵着吵着甘绿就偏题怪起了邬时遇的身高让她仰得脖子痛，自此之后，邬时遇总会在吵架之前先照顾好甘绿的脖子。

但这次不一样，这次没有小板凳，也没有高几层的阶梯，最主要的是，这次的邬时遇，用了比之前大好几倍的力气——不似照顾，反像制伏。

"甘绿。"他喊她。

甘绿咬着下嘴唇没有出声回应，因为火辣辣的痛感正在她裸露的后背上蔓延。

刚刚整个人被邬时遇举起的时候，后背无意间蹭到了之前脱下来挂在一边的婚纱，那上面有密集的水钻，也有硬质的蕾丝装饰，但这些，她都没打算告诉他。

"我今天下午陪你到婚纱店，不是为了看你莫名其妙地发脾气，以后的日子你最好——"

"最好什么？"甘绿故意打断邬时遇，眸子里是他恨极一时的无辜与天真。

"脾气敛着点儿。"邬时遇小心翼翼地将甘绿放了下来，她身下的白纱就像是冬日里的深夜积雪，无声无息地在他脚边垒出了一个恰好的厚度，"不要搞砸那些本来不会搞砸的事情。"

甘绿闻言愣了一下，那些前一秒还在不断叫嚣的疼痛也在此刻安静了下来。

半晌，她才开口："不要搞砸的事情——你是指我嫁给陈之渡这件事吗？"

2. 假使这一刻我要你凭良心，想一想拣一拣实在是和谁衬

陈之渡是甘妈妈牌搭子介绍过来的绝世好男人——当然，这是家长们的说法。

在甘绿眼里，陈之渡不高不矮、不胖不瘦、不帅不丑，有房有车，手里还经营着一个蒸蒸日上的小公司，没什么脾气，温暾老实，从头到脚都写着无聊和乏味。

不过公平一点儿说，无聊和乏味也不算什么毛病，甘爸爸就很欣赏这种性格。

随他们去吧，反正这些跟甘绿决定嫁给他，都没有关系。

"你们女孩子不是最怕长胖的吗？"

陈之渡穿着西装和皮鞋，有些过于端正地坐在夜宵店的红色塑料椅上，他已经记不清上次来这种街边烧烤摊是什么时候了。

"怕长胖是那些活着的女孩子的事，而你眼前这个因为加班已经快饿死了。"

甘绿懒洋洋地应着陈之渡，眼睛仍停留在沾着油星子和孜然的菜单上。

"我说了，你要是不想来这种地方可以先回家休息，我自己打车也就十分钟的事。"

"难得我们下班时间——"

"不，是加班时间。"甘绿一本正经地纠正。

陈之渡笑着点头："女孩子当设计师太辛苦了，虽然我们的公司在同一个区，但也难得回家的时间可以撞到一起。"陈之渡从公文包里拿出了一瓶蔬果汁，拧开后才放到甘绿手边，"也许你可以考虑辞职？我能养得起你，你就干脆在家……"

"在家干吗，做饭洗衣烧水带孩子？"

不知道是胡萝卜西芹汁的味道太呛鼻，还是幻想出来的婚后生活太可怕，总之，甘绿皱着眉，实打实地起了一身鸡皮疙瘩："算了吧，我才不想每个月伸手找你要钱。"

"你是我妻子，这又有什么关系。"

"要得多了就有关系。"甘绿打了一个响指，示意服务员过来收单，"而且咱们还没结好吗，妻子——"莫名地，她被这个称呼逗笑了，"还真是三年一代沟，五年一鸿沟，我已经很久没有听别人说'妻子'这两个字了，听起来真老。"

陈之渡也跟着笑了。

他想娶甘绿，很大一部分原因就是觉得她说话很有意思。

"对了，婚纱你看得怎么样了？上周三的股东大会我真的走不开，明天吧？明天我再陪……"

"不用了。"甘绿一边摇头，一边往自己嘴里塞了一大口烤馒头，"我已经选好了。"

"选好了？"陈之渡一愣，比失落更多的是意外，"那什么时候提货，我去付款。"

甘绿的食管因为遗传的关系，比一般人都要细一些，所以在吃淀粉面粉之类的东西，总是要嚼得很细很碎才不会被噎到，平常她没这么仔细的，主要是现在她实在不想碰手边那杯蔬果汁。明明她和陈之渡已经说了不下一万遍，她真的非常讨厌喝这玩意儿。

半晌，她才将那口馒头吞下去："我选好了的意思是，我已经买下来了。"

"买下来了？"

"抹胸的，有一米五的拖尾，浑身上下都是蕾丝。"

对，就是那天下午试的第九套婚纱。

虽然每一套婚纱邬时遇都只是抬起眼皮子淡淡地扫一眼，但甘绿知道，他最满意第九套。

所以她买了下来，哪怕她嫁的人，并不是他。

陈之渡心情有些复杂："你是不是因为我没陪你试婚纱就生气……"可是不远处那几桌的吵闹声让他不得不停了下来。

上天保佑！甘绿在心中深深地感谢了一把那些大学生，要不是他们边哭边喊边砸酒瓶子，陈之渡势必要将婚纱这个问题探讨清楚了。

"看那阵仗就知道是应届毕业生，你毕业的时候是不是也这样？"

趁着陈之渡被打断后还没有回过神，甘绿决定先下手为强将话题引开。

"我大学毕业？"这问题果然提起了陈之渡的兴趣，"快十年的时间，我已经记不太清楚了。你呢？毕业都干了什么？应该喝了很多吧？"

"没有，我没有喝酒，全程清醒，然后……"甘绿笑了一下，"干了一件特别酷的大事。"

有多酷呢？

酷到这件事已经过去了四年，却仍旧是甘绿舍友们如今的深夜谈资。

其实如果不是想试试学院北桥底下那家新开的夜宵店，如果不是没订到包厢而只能坐在外面，如果不是甘绿的位置正好能完完全全对上马路边另一桌的话，那么那一晚，也不过是一个非常无聊的夜晚——无非就是几个老熟人喝酒扯谈，吃虾撸串，淡到连半滴毕业泪都挤不出来。

"我的绿绿大宝贝。"舍友之一清了清嗓子，拿着虾肉准备去蘸酱的手就这么硬生生地停在了半空中，"你猜我看见了谁？"

"怪腔怪调的还能看见谁。"不怎么饿的甘绿一直埋着头玩贪吃蛇，"不是你前任就是我前任。"

第二个舍友开口了："我宣布，不幸的是甘绿同志。我们的斜对面，坐着新闻系贵公子邹时遇。"

"哦。"甘绿破纪录了。

"更加不幸的是，他的右手边坐着一个女的。"第三个舍友一脸严肃，"从给他剃鸡翅骨的动作来看，我大胆猜测两人关系不一般。"

"妈的！"甘绿的贪吃蛇，死了。

"喂，邬时遇。"

甘绿走了过去，用脚尖踢了踢邬时遇的凳脚。

一大桌子人几乎有五分之四的都静默了——认识邬时遇的，都认识他家祖宗，甘绿小姐。

"我饿了。"甘绿毫不怯场，甚至还以笑回应着眼前这一片意味不明的眼神，接着，她用两只胳膊肘抵在了邬时遇的双肩上，下巴好玩似的蹭着他的头发，声音不大，却足以让身边那个女孩子听得清清楚楚。

她说："给我剥只虾，蘸酱的时候蘸到香菜我就拿酒瓶子敲晕你的头。"

"这位同学，请问你是谁？"那个女孩子果然耐不住了，她站了起来，和甘绿平视，"一上来就这么不客气不好吧？而且你别这么压着他，他喝了很多酒，你这样他会不舒服的。"

"哦。"甘绿笑着歪了一下头，"那你又是谁？"

"我？我是他女朋友。"女孩子底气十足，一点儿也没发现桌上的气氛早就变了样。

"那很巧啊，我也是他女朋友，以前的那种。"

"是吗？那我怎么没听时遇提起过你这个人？看来以前的就是以……"

"你算什么东西。"甘绿直起了身子，礼貌地，甚至是甜美地朝女孩子一笑，"也配从邬时遇嘴里听到我的名字。"

"你，你这个人在这里胡说八道……"

　　"吵死了。"

　　一直沉默着的邬时遇突然站了起来，瘦削高挑的身影挡住了好大一片路灯投下来的光芒，然后他说："我们走。"

　　带着酒味和烧烤味的夜风把他的 T 恤吹得鼓鼓的，学院北桥的阶梯永远长得像是爬不到尽头。

　　从夜宵店到北桥之上，再从北桥之上到宾馆房间，邬时遇没有回过一次头。

　　但就算不回头，他也知道他紧紧攥着的手腕，是谁的。

　　"邬时遇，你不是个好东西。"

　　甘绿被窗外的阳光照醒后，窝在邬时遇的怀里打了一个又长又大的哈欠。

　　"你为了区区一个前任，居然在大庭广众之下抛弃现任女朋友。"

　　邬时遇没有说话，只是用手遮住了甘绿的眼睛，接着又用冒了些胡楂的下巴蹭了蹭甘绿的额头，惹得她一阵怪叫。

　　"喂，你干吗？不要弄我……"

　　"还你的。"

　　"斤斤计较。"甘绿轻声嘟囔了一句，从大二到大四，她熟悉他身上每一个部位。

　　"甘绿。"邬时遇将她搂紧了几分，"我没醉。"

　　"那你不给我剥虾？"她知道他说的是昨晚的事。

"脑袋里想什么呢。"他笑了出来，声音也变得略微低沉了些，"所以我们，要不要和……"

"邬时遇。"甘绿身子一僵，打断了他的话，"我饿了，我要吃面条，还要溏心蛋。"

"好。"

虽然邬时遇不知道甘绿在紧张些什么，但他知道在这一刻，她不是那么愿意答应跟他重归于好——他也知道，两个人赤裸裸地躺在床上谈和好这件事，也的确有些奇怪，更何况这次分手，长达五个月。

然后他说："给你煎两个。"

甘绿这人很好养活，吃东西从来只有生熟之分，却唯独对溏心蛋的蛋黄有着近乎偏执的挑剔——换句话说，她只满意邬时遇煎的溏心蛋。

所以哪怕是在外面吃饭，只要条件允许，邬时遇都会亲自去厨房给甘绿煎两个溏心蛋。

"所以你到底做了什么很酷的大事？"陈之渡问。

"就是……"甘绿咬了一口炒饭上的溏心蛋，眉头也随之皱了起来，"为什么这个世界上所有的溏心蛋都这么难吃？"

3 你教我爱的善良，你教我恨的野蛮

邬时遇从婚纱店回来之后就总是想起大学时候的甘绿。

一般来说，人会开始想念最初的一些东西，那就很可能是因为他已经彻底失去了这样东西。

如果真的是这样，那就解释得通了。

他失去了甘绿，以一种最令人唏嘘，同时也最平常的方式。

以前在大学摄影协会共事过的学长这次恰好是甘绿婚纱照的主摄影师，他在某个下午给邬时遇发去了一张甘绿的高清无修照，当然，他很体贴地选了单人照。

学长说：甘绿越长越好看了。

邬时遇回：她一直很好看。

学长犹豫了一会儿，说：我以为你们俩最终会结婚的。

邬时遇删删减减，一直到深夜，才回过去两个字：谢谢。

可具体在谢什么，他也不知道。

邬时遇念新闻传播，甘绿念环艺设计。一个在东，一个在西。

两人在一起的契机是大一暑假摄影协会的出省旅拍活动，甘绿追的邬时遇。

一群人聚集在邬时遇的大房里玩牌看电影，桌上热闹得像是在过年，放着外音的美国大片里也不知道炸毁了几栋楼——总之，非常吵。

除了甘绿，房间里没有人听见邬时遇在浴室里一下接一下的敲门声。

"你怎么啦？"甘绿走了过去，从外面敲了敲浴室的门。

　　"甘绿?"那时候的邬时遇和甘绿不怎么熟,就算在摄协里待了将近一年,两人好像连超过五分钟的单独对话都没有过,"那麻烦你喊一下我朋友,就是跟我一块儿住的顾冽。"

　　"什么意思,我就不是你朋友啦?"甘绿瘪瘪嘴,有些不乐意了,"明明是我第一个发现的。"

　　"好吧。"邬时遇承认,甘绿委屈的语气让他觉得他刚刚好像真的做错了什么,"是这样的,我和顾冽觉得酒店的浴巾不干净,昨晚买了新的,洗了之后就一直挂在阳台上,所以……"

　　"知道了,知道了。"

　　几分钟过后,甘绿又抬手敲了敲门:"喂,我给你拿过来了,开门。"

　　"谢谢。"尽管有些尴尬,邬时遇还是硬着头皮将门打开了一条小缝,但甘绿手里什么也没有,温热的水珠从额头一路滑进他的眼睛,他有些搞不清她想干什么,"你?"

　　"要我喊顾冽或者帮你拿浴巾都可以。"甘绿狡黠地边笑边眨眼睛,"但是你必须亲我一下。"

　　天!邬时遇一手撑墙,一手握住浴室门的把手,就这么愣愣地看着甘绿。

　　他心想,完了,这世界上怕是没有哪个女孩子能甜过眼前这只小狐狸了。

　　邬时遇是对的。

就算甘绿打起冷战来能大半个月找不见人，手机永远在飞行模式，就算她撒起泼来能拿起什么就扔，咬人的力度和角度堪比经过专业培训，就算两人在一起的时间大部分都浪费在了闹别扭和较劲上，他也还是觉得她很甜。

能怎么办呢，婴儿肥、小酒窝、月牙眼，他认真看了几眼就会心软，一心软就后悔对她凶，再看几眼，再一心软，就开始不自觉地让步。

但心软成了一摊水，再被烈阳晒上几个钟头后，也会蒸发的。

忘记压死骆驼的稻草是哪一根了。

可能是他在食堂摔碗走人时甘绿二话不说拿起筷子扔在他背上的那一回，也有可能是他站在大树下对着甘绿的背影大喊了好多声她都没有停下脚步的那一回。

总之，在甘绿半真半假闹了无数次分手之后，邬时遇也终于将这两个字说出了口。

我累了，我发现我们不太适合——无非就是这种用烂了的分手金句。

邬时遇曾经也很不屑这种话，但当他发现他想分开的理由真的就是那么几个的时候，他才不得不承认，原来那几句话也不完全在瞎扯。或许还可以在后面加上一句"其实我还喜欢你"之类的当作结尾，不过还是算了，加上了才真的无耻——虽然他的确还喜欢着甘绿。

因为还喜欢着她，所以邬时遇觉得缘分这件事，偶尔也的确奇妙。

比如他和甘绿从来没有像别人一样硬性约定过毕业后要去哪座城

市，但最终确定下来的工作地点不过相隔两个区；再比如，他们也没有像别人一样急着将用了四年的校园号换掉——大概就是因为这些不约而同，邬时遇才能在开会的时候，接到甘绿打来的电话。

"喂？"邬时遇有些意外。

毕业后他们偶尔会用短信交流一下这座新城市的天气和饭菜口味，却从来没有打过电话。

"邬时遇……"

甘绿吸了吸鼻子，今天是她设计师助理转设计师之后的第一个成果汇报日，可她却在客户面前犯了一个很基本的错误。沮丧、害怕、生气、失望，种种情绪压得她几乎快要窒息，她拿着手机想了很久，最终还是拨给了邬时遇。

没有办法，没有人可以听她讲这些事，她习惯了在父母朋友面前只报喜不报忧。

"怎么了？"邬时遇站起来，做了一个请假的手势，走到了茶水间，"你慢慢说，我在听。"

"怎么办，我搞砸了一件好重要好重要的事……"

其实甘绿接的只是一个几千块的小项目而已，但这是她独立的开端，对她意义非凡。

她熬了一个星期的夜，做了五个不　样的方案，却还是搞砸了。

"今天降温了，给你包饺子吃？"邬时遇靠着墙，久违的温柔口气让他自己也有些陌生，"你给我发个地址，我等会就下班了，我不买香菜你放心——喂，再哭就没有溏心蛋了。"

4. 你教我忘记该忘的

这是毕业后他们的第一次见面，时隔一年半。

甘绿换了一个发型，及腰的黑直发不见了，她剪短了至少一个手掌的长度，将它们通通染成了类似奶黄色的金色，中等大小的波浪，从耳尖开始往下蔓延。

挺好看的，像个洋娃娃。这是邬时遇的第一反应。

"怎么在家也开始戴眼镜了？"包饺子的途中，邬时遇问了一句。

"工作之后老是盯电脑嘛。"不知不觉中，甘绿的口吻带了些撒娇的意味。只要对面的人是邬时遇，那么不管是什么时候，她都觉得很放松。"盯着盯着眼睛就越来越差了。"

接着她从沙发上坐起来，凑到了餐桌跟前："我觉得好奇怪，为什么大学跟你组队打游戏的时候我不觉得眼睛难受，作图的时候就感觉自己的眼珠要爆掉了？"

"我买了胡萝卜。"

"喂。"甘绿下意识退后了一步，"你明明知道我讨厌这玩意儿。"

"它对眼睛好。"

"但是眼睛的主人——我，不想跟胡萝卜好。"

"我切得很碎，把它混进藕丁里，你吃不出来的。"

"你这是在看不起我的味觉！"

"反正你吃出来了就打我——不，你咬我一下，行吧？"

"成交。"

就算邬时遇没有抬头，他也知道甘绿一定笑了。

"邬时遇。"甘绿闲不住似的伸了一根手指往馅料碗里沾了沾，"有点儿咸。"

"煮开了之后就没那么咸了。"

邬时遇比了解自己更了解甘绿，他知道她绝对不是真的想尝尝馅料的咸淡——她只是在给她后面的话找一个看起来还不算太离谱的开头，所以他问她："然后呢？"

"然后……"甘绿非常用力地盯着邬时遇沾了些面粉的手背，"我们和好吧？"

"生抽还是海鲜醋？"

"醋。"

"蒜泥还是碎芝麻？"

"都要。"

"甜酱还是辣酱？"

"辣。"

邬时遇转过身去，按照甘绿刚刚所说的，调制好了一碗酱料。

然后他打开水龙头，很仔细地将手洗干净了，最后他说："甘绿，我有女朋友了。"

"多大事儿啊。"甘绿还在笑,"反正你最喜欢我不是吗,我不介意这个,之前又不是……"

"是。"邬时遇诚然,"但是这次说是未婚妻,或许更合适。"

笑不出来了。

甘绿以为她又要变成那个在五十分钟前躲进地铁洗手间的移动人形哭包了。

忍下眩晕和泪意的那一瞬,怒气也随之涌了起来——她知道他们分手已经快两年了,她也知道是她自己在毕业时用一碗面条和两个溏心蛋拒绝了邬时遇,总而言之,她知道她生气生得莫名其妙,但她就是很生气。

于是她狠狠地摘下了眼镜扔去了一边,看什么看,她跟自己说,别人的老公有什么好看的。

"你刚刚那句'是'是什么意思?你今天来我这里又是什么意思?"

甘绿逼着自己提了一口气,就算笑不出来,至少也别哭丧着一张脸。

"提前做好婚外情的基础?"她知道他最讨厌听到什么语气,反将一军对她来说,太简单了,"行啊邬时遇,不愧是媒体人,脑子很灵活,知道熟人好下……"

"甘绿。"他看着她,眼里是她看不懂的东西,"你什么时候能在这方面稍微长大一点点?"

"不高兴长大。"

二十三岁的甘绿还把握不好冷笑的精髓，脸部肌肉牵动起来的时候，有些用力过猛。

"要你管这么……"

她边说，手边在餐桌上胡乱地挥了一下，不小心带倒了一瓶蚝油，然后她闭嘴了。

因为她好像突然懂了他说的"长大"是什么意思——就在耳膜响起尖锐的破裂声时，就在精致的玻璃瓶身碎成好几块时，就在那些咸香味的深棕色液体淌在白色瓷砖上时，她突然懂了，她猜邬时遇那个未婚妻肯定是个就算吵架也会顾忌着家中草木的女人，肯定她温柔，肯定比她细心——所以她满心疲倦地指了指大门口，她说："出去。"

邬时遇没有说话，只是蹲了下来开始清理地上的碎片。

"邬时遇，我叫你出去。"在邬时遇捡起了第一块玻璃片时，甘绿径直踏进了眼前的狼藉之地，脚下黏腻的感觉让她很不好受，但她还是强忍着重复，"出去。"

然后，邬时遇真的出去了。

他没有关门，走廊上电梯里的叮咚声让甘绿心底一惊，然后她发现，原来她只穿了一双袜子。

十五分钟后，邬时遇回来了。

手里还提着一个塑料袋，上面明晃晃地映着高堂春药房五个字。

"坐好。"他其实有些意外甘绿还站在原地，但这样也好，他把她拦腰抱起，放在了沙发上。

"邬时遇，我问你。"甘绿的声音又轻又飘，好像被扎破的不止她的袜子和脚底板，还有她刚才声势嚣张的气焰，"要是我那天早上答应了你，是不是就……"

"不是这样的，甘绿。"邬时遇小心翼翼地脱下了甘绿的袜子，开始检查有没有碎玻璃扎进肉里，"我不知道你能不能听懂我的意思，但现在这样并不是因为那天——算了。"

他拧开碘酒，明明在心里说了很多遍没有意义的问题就不要问了，但还是没有忍住，他深深地，但是柔软地看着甘绿，问道："但是那天，你为什么不愿意答应我？"

"因为不公平。"甘绿笑了。

"你要分手就分手，要和好就和好，哪里有这么便宜的事情？美得你，你以为我甘绿是谁？"她继续笑，眼泪却落了下来，"特别可恶的是你还说你累了——你累什么累？谈个恋爱而已，你怎么就累了？邬时遇，你知不知道我宁愿听到你说你不爱我了，也不要听到你说你累了？你不爱我，那是你品位和审美观的问题，你累了，那就是我在这段感情中出了问题——我明明那么喜欢你，为什么最后还是我错了？"

"你这是哪里来的强盗逻辑？"邬时遇也笑了，这样的甘绿，他最熟悉了。

"我知道我脾气坏、性子倔，你哥们儿背地里都说我是你祖宗——这些我都知道。"甘绿瑟缩了一下，碘酒让她太痛了，"那五个月里，我每天都想找你和好，发信息打电话，媒体楼宿舍楼的堵人——可是你瞧不上，你不理人，我都没有办法告诉你其实我也可以不那么坏。"

"你从来都不坏。"邬时遇已经开始替甘绿缠纱布了，"从来。"

"那为什么你那五个月里不肯跟我和好？为什么毕业那晚睡了一觉之后你就要主动跟我和好？那我那五个月里所做的改变和努力又算什么？我不是在跟你计较。"甘绿哭着哭着，突然像个婴儿一样打了一个嗝儿，"我只是觉得有些讽刺，你肯定不知道你说到要和好的时候我想到了什么，我想到我之前还打算把你灌醉拖到房间里睡了——那样说不定我们就能和好了，就算不和好，你也肯定会抱抱我——怎么算都不亏，早知道身体这么好使我就……"

"在你眼里我这么混账？"邬时遇抬起头。

"不然你以为你是什么好东西。"甘绿还在哭，但这不影响她的气势，"虽然我们差不多。"

"甘绿。"邬时遇终于伸出手，在甘绿脸上抹了一把——就算将近两年没有做这个动作，他也不觉得有什么违和的地方，"毕业那晚上你出现之后，我就很害怕，我害怕以后再也见不到你。"

"虚伪。"甘绿哭过之后，眼睛更亮了，"你婚期定了吗？我该送多少礼金？我那天穿……"

"不。"

邬时遇非常轻，但是非常坚决地摇了摇头："我结婚那天，你不要来。"

5. 或许只有你懂得我，所以你没逃脱

甘绿和陈之渡的婚礼取消了，原因非常扯。

"你是不是有病？"姐们儿在电话里夸张地大叫，"下个礼拜二就要宴客了，你突然不结了？"

"对。"甘绿将拖鞋甩出半米远，整个人呈烂泥状躺在沙发里。

她闭上眼睛，痛苦地揉了揉僵硬的肩膀。好吧，昨晚熬夜加班的债这会儿终于找上门了。

"你也太不理智了吧我的大小姐……"姐们儿无奈，"之前看你答应嫁得那么爽快我还以为你终于开窍了，结果你就为了那几瓶蔬果汁放弃当陈阔太太了？"

"去掉那个'就'。"

甘绿一本正经，甚至坐了起来，哪怕姐们儿远在外省看不到她此刻的样子。

"这不是蔬果汁的问题，我跟他说过很多遍我不喜欢喝这玩意儿，但是他总说对身体好对身体好，还非要把它当成宴客上的酒水之一，他神经病……"

"反正又不是你出钱，你再添一个你爱喝的不就得了。"

"不，你没懂我的意思。"甘绿知道姐们儿一定觉得她在小题大做，"我打个比方，我喜欢吃苹果，但是他逼着我吃梨子，然后在一个

很正式的场合下，他让所有知道我喜欢吃苹果的人宣布我以后就吃梨子了——我，我不知道怎么形容。总之，我觉得很憋屈，为一个我不喜欢的人受憋屈气，我疯了不成？"

"被你这么一形容，我也觉得有些憋屈。对，不结是对的。"

"你有没有点儿脑子？"甘绿忍不住翻白眼，"别人说什么你就应什么。"

"喂我是在为你抱不平好吗？到底是谁没脑子……"

事实证明，可能的确是甘绿比较没脑子。

她忘记提前打电话告诉婚纱店她取消婚礼这件事了，结果六点钟被无数个电话吵醒，那边热情洋溢地道着喜，说，甘小姐，我们要来给您化妆做新娘造型了！

甘绿在心里哀号一声，好不容易用婚假请来的几天懒觉就这么被毁了一早上，行吧，她一边无力地点头一边摘下了眼罩，报出了一串地址。

为了做造型，她专门在宴客的大酒店里订了一间房，被婚纱店这么一闹，她才想起房间也没有退掉——看来她果然不适合结婚，庞大的准备中，她却连这么简单的事情都打理不好。

不知道是因为婚纱被细心裁剪过了，还是因为做了精致的新娘造型，甘绿觉得此时镜中的自己比上次试婚纱时漂亮多了——不过，她觉得有些可惜了。

但是可惜什么呢？甘绿蹬掉了脚上那双高跟鞋。

是可惜自己得在十二点退房之前默默地卸下这一套华装再走出去，还是可惜邬时遇——算了算了，这种时候，不该想的人，尽量不要想。

"我确定你没有落东西。"甘绿听见虚掩着的门，被人推开了。

邬时遇走了进来，看到白白的床褥中睡了一个白白的甘绿，突然就觉得有些好笑。

"你比我想象中的心态要好多了。"

"邬时遇？！"

甘绿挣扎着坐了起来，她瞪着眼睛看他，莫名地很生气——真奇怪，甘绿也搞不懂自己，她对着邬时遇很放松是没错，但也很容易生气。

"我知道我很丢脸，但我这样只是因为……"

"你今天很漂亮。"

"哦，谢谢。"甘绿一边干笑，一边费力地靠着感觉穿高跟鞋。

婚礼里的束腰太紧了，她完全没办法弯下腰来，而眼前的视线又全被自己泡沫一般的裙尾给填满了。好吧，她决定收回刚刚赞美自己的话——因为现在这一刻，实在是比婚礼取消还盛装打扮更丢脸。

"穿高跟鞋还是拖鞋？"邬时遇走了过来，嘴边好像一直挂着笑。

"要笑就笑，你以为你一直拖延婚期让未婚妻跑了这件事不丢脸？"甘绿的脸色讪讪的，"我要拖鞋。哦，对了。"甘绿的眼神顿时犀利了起来，"你怎么在这里？我请帖可没有……"

"我？"邬时遇一边拆一次性拖鞋的塑封一边回答，"过来帮忙的。"

"帮什么忙？"穿上平底拖鞋的甘绿觉得自己恍若新生。

"煎蛋。"

"什么？"甘绿想自己一定是听错了。

"这家酒店是我叔叔的，然后我知道了你宴客的菜单，看到有溏心蛋，所以我……"

"等等。"甘绿不可置信地看着邬时遇，"一桌十个人，最少有三十桌，那就是三百个人，三百个人那就是六百个鸡蛋——不是吧，邬时遇，原来你是这么棒的二十四孝前男友。"

"数学挺好。"邬时遇笑了，"吃早餐了吗？"

"吃了。"甘绿有气无力地看了一眼衣柜旁的时针，"婚纱店经理给我带的牛奶和面包，折腾了差不多两个小时，早就消化了。"

"那走吧。"邬时遇牵住了甘绿的手。

"去哪里？"甘绿赖在原地，"就算出去再吃一顿，你也行行好让我换件衣服吧？"

"不用，我开了车，你想吃什么我打包上来。"

"那你送佛送到西，干脆送到这房里来。"甘绿皱眉，"今天我这么尴尬，你必须听我的。"

"以后可以，但今天不行。"邬时遇却在笑，"因为拍照必须得两个人。"

甘绿一愣，像是有人往她的心里撒了一把细密的跳跳糖。

她深吸了一口气，但还是没能压住那阵噼里啪啦，她小心翼翼地问邬时遇："你什么意思？"

"没什么意思。"邬时遇将甘绿的珍珠头纱轻轻地盖了下来，"就看你挺漂亮的，想捡回去当新娘。"

此情不渝

\

你的浪漫热情，傻到不行，
但却拉我走上了，奇妙旅行。

1. 谁闯进我的场地，谁让我措手不及

"石头剪刀布……"

"舒不渝，是舒不渝输了！"

"这是舒不渝第一次猜拳输给我们吧？用大人的话来说就是太阳打西边儿出来了！"

"你们真烦。"扎着两个羊角辫的小姑娘将头一扬，声音又脆又甜，"输就输了，我现在就去。"

"这，不好吧，谁知道杨校长家的四楼装着什么妖魔鬼怪……"人群中个子最高的小男孩儿有些迟疑地摸了摸他刺手的寸头，"舒不渝好歹是个女孩子，要不还是我打头阵吧？我怕……"

"怕什么怕？"另一个戴着厚厚眼镜的小男孩儿用力吸了吸鼻涕，

"你可是探险小分队队长，队长是不能带头破坏规则的——我们出发前就说好了，一轮定输赢，谁输了谁就去四楼看看里面到底有什么，自从四楼的窗户被关上之后，大人们都不让我们来杨家院子里玩了。"

"我想念这里的木秋千。"

"我想念这里的大榕树和它长出来的鸟窝。"

"我想念这里的跷跷板。"

"你放心好了！"在一片"我想念"的句式中，羊角辫小姑娘舒不渝拍了拍小队长的肩膀——因为身高的缘故，她还费力地踮起脚，"我不会出事的，就算出事了也不会去找你外婆告状，但是，"她顿了顿，直直的盯着不远处生了锈的铁楼梯，"你得帮我照顾好我的蚕宝宝，我求了好久，我奶奶才同意我养的。"

"那你也放心好了，我会好好照顾它们的。"小队长觉得这一刻一定是他组建这支探险小分队以来最为神圣的一刻，于是他愉快地忘记了今天午睡的时候舒不渝用圆珠笔在他手背上画了一只哭泣的大花猫，"如果真的很可怕，你就大喊或者尖叫，我们都会跑上来保护你。"

舒不渝严肃地皱起眉头，抬起她沾了草莓果酱的白底蓝花小布鞋迈开了探险的第一步。

根本就没有传说中的那么可怕——细窄的铁楼梯比她想象中要坚固很多，盛夏六点过后的阳光也依旧暖烘烘地烤着她穿着碎花衬衫的脊背，她慢慢地走着，突然间咧嘴一笑，并朝着底下紧张的小伙伴们比出一个胜利的手势——四楼的门裂开了一道小缝隙，它没有被关上。

于是，她将它轻轻推开，顺利到达今日探险计划中的最终地点。

什么都没有。

在舒不渝脑子里出现过的一切，这里都没有。

既没有金发公主和浑身灰扑扑的小姑娘，也没有恐怖的妖魔和会吃小孩儿的怪兽，更没有堆积成山的金币和宝石——这里的几扇窗户都被关得严严实实，还拉上了看起来很厚的窗帘，泛着昏黄的灯泡悬挂在屋子的正中间，它的底下，坐着一个白得有些过分的男孩子。

"你在看什么啊？"舒不渝觉得有些尴尬，毕竟闯进别人家怎么说都是一件不礼貌的事情，可他们整个小分队都没有想到这里居然会住着一个男孩子，所以她只好笑嘻嘻地指着他前面的电视机来找一下话题，"这个黄头发的姐姐好漂亮呀，可是为什么这个男的头发这么乱？而且他的手——这不是手吧？是两把剪刀吗？"

那个男孩子没有回话，只是拿起遥控器将电影的声音调得更大了些。

"对了，我一直想问一件事情。"但舒不渝一点儿都不觉得气馁，因为这是她第一次在电视上看到没有被中文配音过的原版电影，"我们叫外国人叫外国人，那外国人怎么叫我们啊？中国人吗？他们有这么聪明可以分出来吗？我就分不出美国人英国人德国人之类的，明明长得……"

"出去。"男孩子面无表情地动了动嘴唇，电视上的镜头也在这一秒被按成了定格。

"怎么样怎么样，舒不渝，四楼里面有什么？"

"是不是很可怕？你有没有被吓哭？"

"快说话呀，你被吓傻了吗？"

舒不渝一走下楼梯，就被小伙伴们叽叽喳喳地团团围住。

"里面有一个……"舒不渝下巴一扬，羊角辫也骄傲地颤动起来，"全天下最好看的小哥哥。"

2. 挡不住的太阳，不管我抵抗，洒在我胸口最暗的地方

"他呀，叫唐青。"

"唐青……"舒不渝趴在奶奶的膝盖上打了一个哈欠，"哪个青？"

"青草的青。"舒奶奶一边耐心地解释，一边用梳子轻轻地梳着舒不渝刚刚吹干的头发，"是你们杨校长的外孙孙，刚从城里搬过来没多久，比你们这群小豆丁大个两三岁。"

"原来是城里搬过来的呀。"舒不渝心满意足地闭上了眼睛，那么好看的小哥哥，就不该是他们这个小镇里养出来的嘛！"可是……城里不是有很多好吃好玩的吗？他为什么要搬过来？"

"因为他的妈妈发生了一些意外去世了，杨校长不放心他一个人在城市里生活，所以把他接了过来。"舒奶奶悠悠地叹了一口气，"不让你们再去杨家玩就是不想让你们打扰到人家。听人说，唐青不喜欢被吵，

也不能晒太阳，好像会过敏——现在的人啊，跟我们那时候……"

"奶奶再见！"舒不渝突然精神百倍地跳了起来，她将自己白嫩的脚丫随意套进塑胶拖鞋里，连头发也来不及扎好就一阵风似的跑了出去，"我现在要出去玩了。"

"你个小丫头。"舒奶奶摇着蒲扇，冲着那个远去的背影无奈地喊，"马上就要去念初中了，整天就知道出去玩，记得早点儿回来，今晚炖黄豆老鸭汤……"

奶奶的声音越来越模糊，但舒不渝心中的信念却越来越坚定。

她要去找那个从城里搬来的唐青小哥哥，这一次，她肯定不会像上次那样冒失又尴尬了。

可是今天运气不怎么好，四楼的门被紧紧地关上了。

"唐……"舒不渝顿了顿，觉得直接喊对方的名字很奇怪，"我就是上次那个……"

话还没有说完，门就应声裂出了一道缝。舒不渝笑眯眯地探了半个头进去，发现唐青正站在她两步开外，他换了一个棕色的 T 恤，手里拿着一本很厚的书。

"我，我来找你玩啦。"舒不渝小心翼翼地将阳光悉数关在了门外，她一直记得奶奶说唐青会过敏这件事情。接着，她像是献宝似的从小书包里掏出了一张影碟，"这个……是我问了我同学，他说现在的男孩子都看古惑仔，所以我用两只蚕宝宝换来的，你要不要看一看呀？"

唐青没有什么反应，他向来不喜欢这种类型的电影，但尽管如此，他还是配合地将书合上了。

除了电影在按部就班地一帧一帧进行之外，整个屋子显得十分寂静。

就在唐青觉得下一秒舒不渝可能就会睡着的时候，她却突然从椅子上蹦到了电视机前，满脸慌张地用她的身体挡住了正在爆发激烈群架的屏幕。

他静静地看着她，等着她先开口。

"对，对不起……"但是这个开场白，倒真的有些意外了。

"我不知道这个片子里会有这么多血，也不知道里面动不动就会有人死掉……"

舒不渝的十个手指头在半空中僵硬地张弛着，她害怕这些镜头会让唐青想起他妈妈。意外去世，是个什么概念呢？电影里的这些人，她也没觉得他们下一秒就会倒在血泊中。

"外国人。"唐青将合上的书，重新翻开了，在舒不渝来之前，他看到了第九十二页，"你上次问我的，外国人该叫我们什么。他们也叫我们外国人——如果他们分不出我们是中国人。"

"哦，原来是这样。"舒不渝张着嘴点了点头，"那还有一个问题！如果我投胎了，我还会记得我这辈子发生过的事情吗？如果记得话那我一定要……"

唐青不再看她："那你记得你上辈子发生过什么吗？"

"天啊！"舒不渝的眼睛瞪得越来越大，"城里来的小哥哥果然不一样，好聪明呢。"

"桌子上有冰镇莲子汤。"唐青将头顶的灯调得更亮了些，"甜的。你可以喝。"

"你会想念外面的太阳吗？"

在瓷器碰撞间，舒不渝闲不住似的再度开口。

见唐青不说话，她便又一溜烟似的跑到刚刚坐着的椅子上抱起了她的小书包，翻呀翻，终于翻出了今天带给唐青的第二件礼物———面小镜子。

"我特别喜欢太阳的，不对，应该没有人会不喜欢太阳吧？又有光，又很暖和。"

舒不渝一边说，一边将挡光窗帘拉开了一丝丝的裂缝，接着她将镜子靠近窗户，晃了好久，终于晃出了一小块光斑。

"这样就好啦。你既可以看到太阳，又不会过敏。我把它送给你。"

此刻，唐青终于从字里行间将头抬了起来，他知道那块光斑正在他身后的墙壁上微微地颤动着，就像是某种昆虫的透明翅膀——但很奇怪，他居然不反感。

"好的，谢谢。"他凝视着她光影交错的侧脸，似乎是笑了一下。

3.学会温柔的理解和原谅

从此之后，舒不渝不再跟着探险小分队满镇子乱溜达，也不再流连于各种小吃摊之间。她开始刻意收集身边的一些小玩意儿，有趣的，不那么有趣的，总之要把它们全部装进她又轻又瘪的小书包里——只等着放学的铃声一打，她就可以满心欢喜地奔向杨家四楼。

唐青的话依旧很少，大部分时间都在翻看着手中的书，所以整间小屋子里基本上就只有舒不渝的声音，从叽叽喳喳的清脆童音变成带了些婉转和甜蜜的少女音色，她像只永不疲倦的小鸟儿似的在他身边跳来跳去，一边讲述今天发生的事情，一边介绍又给他带来了什么好东西。

于是，一眨眼，悠悠的小镇时光就在舒不渝的每日准时打卡中悄然晃走。

"舒不渝，同一个类型的题你做错了五遍。"唐青在舒不渝费力掏书包的途中瞥见了只露出了一个小角的地理试卷，"还有一个月，你就要高考了。"

"地理真的太难了，你教给我的思路我总是睡一觉就忘了，然后接着做，接着错，好烦。"舒不渝丧气地垂下眼睑，"还有，考完高考，我肯定就要去别的地方念书了。"

"这是好事。"唐青笑了一下，"我听我外婆说，你想去川渝那边念大学。"

"什么嘛，我奶奶真是，明明答应我保密的。"舒不渝不太乐意地噘了一下嘴，"因为我喜欢吃火锅，喜欢晒太阳，喜欢一年四季都明亮温暖的地方，还喜欢那些看起来繁荣得不得了的城市，可是……"她的声音渐渐低了下去，"可是，我也很喜欢你啊……"

　　"什么？"唐青起身，手里还拿着一本刚从木书柜里找到的影集，没有听清她最后说了什么。

　　"没，没有什么。"舒不渝夸张地摇着头。升入高三后，她就剪了一个及肩短发，偶尔看起来比初中生还要小。

　　"就是，你真的不打算再出去看看了吗？我们这镇子这么小……而且杨校长说过的，你前两年拿到了北京一个很好的大学的……"

　　"不出去了。"唐青动了动没什么血色的双唇，"对我来说，没有哪个地方比这里更安全。"

　　"可是你不能总这样嘛。"

　　舒不渝咬了咬下嘴唇，拿出了和长辈们耍赖时的惯有语气——虽然她清楚，唐青的心结，并不是她耍耍赖或者撒撒娇就能解决的事情。

　　她听奶奶说过，唐青的妈妈也是小镇里土生土长的姑娘，后来考上了好大学，就留在当地找了份好工作，然后嫁个至少当时看起来还不错的男人，总之，就在全镇人认为她在外面过的幸福美满时，却传来了她因丈夫出轨而离婚，最终郁郁寡欢至自杀的消息，紧接着，她唯一的儿子唐青就被二老接回了小镇，从此长住在杨家大院四楼里。

　　"因为，因为……"舒不渝焦急地在脑海中组织着语句，"这根本就不是外面世界的错嘛。当然了，也不是你的错，所以说，你为什么要这么对你自己呢，你不能……"

"舒不渝。"唐青慢慢合上影集，看向了满脸委屈的舒不渝，"你就当我胆小，好不好？"

"不好，不好，不好。一千个不好，一万个不好。"舒不渝硬邦邦地回着话，也不知道在生些什么气，"你才不胆小呢，你就是……"

"我好像听到巷子口卖豆花的声音了。"唐青站起身，将窗户推开了大半，"今天是阴天，我可以和你一起出去买。"说罢他一边笑，一边伸手揉了揉她细软的头发，"别乱想了，我就在这，不会丢的。以后，我是说你到了大学里，有空就给我打电话吧。我不会漏接的，我保证。"

你当然不会漏接啦，因为你根本哪里都不会去嘛！舒不渝恨恨的，但是，带着笑意的她再一次拨通了那个熟记在心的号码。此时，她的头发已经长过了腰间。

"今年暑假我就不回来了。"舒不渝抱着巨大的海豚玩偶躺在宿舍的床上——那是她考上大学那年，唐青送给她的礼物。"我得留在学校这边实习，还得准备毕业论文。"

"好。"唐青的声音照旧温吞平稳，"你自己的事情最重要。"

"什么嘛。"舒不渝觉得自己的拳头又打在了棉花上，于是不满地哼了两声，"你就不会挣扎一下吗？我是真的想回来陪你过生日，可我们老师已经把我的资料推荐去那家公司了……"

"你想吃蛋糕就直说。"唐青似乎是笑了两声，"没关系的。"

"才不是为了这个呢。"舒不渝噌地坐了起来，"每年你生日我都在边上给你唱生日歌，那如果今年我不在，你该过得多寂寞嘛——虽然我是真的很想吃二妞姐家的鲜奶油……"

"等你毕业回来吧，好不好？"头顶的吊扇吱呀呀地转着，唐青望了望手边的冰镇西瓜和这几年舒不渝寄回来的各地风景明信片——夏天该有的，他都有了。只是还等不到生日那天，他就已经开始觉得身边太过空荡，"等你回来，我给你买一个最大的蛋糕，加双倍奶油。"

可一直等到二妞姐家已经不再做那么原始的奶油蛋糕了，舒不渝都没有回来。

"那家公司找我签正式合同了，下周一就要上班，我多余的行李只能用快递寄回去了。"

"好累呀，为什么加班要加到第二天早上啊，害我没有买到回家过年的票，老板真不可爱。"

"对了，我有了一个男朋友，隔壁公司的，对我挺好的。每天中午都给我带鸡蛋和牛奶。"

"我可能要订婚了，男朋友家里催的有些急，所以，我下个月一定得请假回来一趟，带他一起见见家长，也见见你，就……唐青，你还在听吗？"

4. 推倒我灰色的围墙，你的彩色让我晴朗，又能梦想

舒不渝回来的那天，小镇下着很大的雨。

"怎么今天就回来了？"哪怕接近一年多没有见面，唐青也能听出

舒不渝不同于旁人的推门声。她的头发剪短了一些，烫了好几个卷，高跟鞋上全是泥土，"我记得你是后天的车票。"

"唐青。"舒不渝笑了一下，从什么时候开始她不再喊他哥哥的呢——管他呢，这种细枝末节在此刻显得一点都不重要。她朝他走去，口气又软又疲惫，"我回来了。"

"我知道。"唐青递过去一张纸，"擦擦，脸上有水。"

"不。"梅雨季节的来临将这间小屋搅得湿湿答答，舒不渝咬了咬下嘴唇，像儿时一样坐在了唐青木椅边上的小板凳上，接着她像是怕冷似的抱住了自己光洁匀称的小腿，然后将头埋在了唐青瘦削的膝盖骨上，"我的意思是，我不会再出去了。"

"怎么了？"唐青垂下眼睑，凝视着她躲在海藻长发里的那一丁点儿鼻尖。

"没怎么，就……很累。"舒不渝轻轻地摇了摇头，像一只倦意满满正在蹭主人裤腿的小猫，"工作很累，加班很累，租房子很累，遇到一个总喜欢大声放歌的室友很累，谈恋爱也很累，外面的世界比镇子里精彩好多，可是也复杂好多。其实，这些都不是最主要的。我未婚夫——不，是前男友了，他问我，既然我总是心心念念这个小镇，那为什么不回来呢，待在一个地方却挂念着另外一个地方，活得不累吗——就累啊，怎么不累呢。所以，我回来了，唐青。"

"为什么？"唐青的指尖在半空中颤了颤，"你和你那个未婚夫……"

"都说了是前男友了。"舒不渝蓦然将头抬了起来，圆溜溜的杏眼灼灼地望着面前看不出任何表情的唐青，"他说我根本就不爱他，我爱的是这个小镇和这个小镇里的——总之，他说我跟他在一起完全就是为了方便……本来我想反驳一下的，可我又觉得他没有说错，爱不应该天时地利人和的方便，它应该是差了十万八千里也抛不掉的牵挂，然后人们再受它的指引从而心甘情愿地翻越掉这十万八千里——唐青，你觉得我说的对不对？"

"舒不渝。"唐青直直地看着她，"你还记不记得你跟我说过，你学校的绿化做得比我们这边的景观公园还要好，食堂里的豆花和米线都非常好吃，原来真的有电视上那种九宫格的火锅，汤很香，翻滚着红油和辣椒，猪脑也没有想象中那么恶心，鱼洞江边的风很舒服，吹在脸上一点儿也不讨人厌，到了晚上，所有的灯都会亮起来——这些地方，我都去过了。"

"唐青……"舒不渝小小地惊呼出声，"你什么时候……"

"我都去过了，那些你待过的、夸过的，明信片里或者电话里提过一点儿的，我都去过了。"

"你来了为什么不告诉我？"舒不渝还是有些愣，"为什么？要是你告诉我……"

"告诉你什么呢？"唐青轻轻地笑了一下，"告诉你其实我后悔了？告诉你其实我在你订婚之后一直在想要是当初我出去了就好了，和你一块儿出去就好了，去哪里都好，只要和你一起——可是，不能这样，舒不渝。我捏碎了那块你送我的小镜子，它告诉我，做人不能那么自私。"

他的手终于落在了舒不渝的脸颊上，"一直没和你说过，守了我这么多年，辛苦了。"

5.鸣谢生命有你参与，笑纳我的邀请

"唐老师再见！"

"唐老师明天见！"

"唐老师，你看，师娘来了——那是不是师娘？"

在一片闹哄哄的童音中，唐青推着自行车看到了站在马路对面的舒不渝，她抱着一盆茉莉花。

"还好你不是在民国教语文，不然一群进步女学生每天捧着诗集找你谈心谈人生……"舒不渝轻车熟路地坐上唐青的自行车的后座，"虽然我很大方，但是醋还是要吃的。"

"傻子。"唐青笑了笑，"你怎么就穿了一条裙子出来了，现在深秋了，傍晚的风很凉。"

"不管，穿裙子好看，我不冷。"舒不渝轻轻地将头靠在了唐青深灰色的毛衣开衫上，路过一个小转角的时候，有糖炒栗子的香味，"请问唐老师今天教了学生们什么？"

"今天是作文课。"时光荏苒，唐青来到外公任职校长的小学里教学已经有好几年了，让他有些没想到的是，那些小孩儿竟然真的很喜欢他这位一到大太阳天就消失的语文老师——用舒不渝的话来说就是，长

得好看的人，连小孩子都给出了极大的理解。

"作文课。"舒不渝紧了紧怀中的茉莉花，"题目呢？该不会是什么我要当科学家的梦想？"

"写最不后悔的一件事。"

"不对，唐青。"舒不渝很认真地计较着，"他们才多大呀，你就让他们写'最'，以后他们肯定得后悔死，就算你长得好看也救不了他们想穿越回来痛打你一顿的心情。"

"可是……"唐青微微将车子减速，"我一直到现在都没后悔过那件事。以后，也不会的。"

"什么？"

"我最不后悔的，就是第一次听到你的脚步声时，没有选择起身去锁门。"

"那既然这样的话……"舒不渝深深地吸了一口气，"我最不后悔的事情就是当年故意猜拳输掉然后爬上杨家大楼！其实我知道小豆子他们几个的，他们第一把都爱出石头。"

"谢谢你，不渝。"他突然很认真地道谢，"谢谢你。"

"才不呢。"她闭上眼睛，用额头轻轻地蹭了蹭唐青挺拔的后背，"但是我们这样，真好呀！"

图书在版编目（ＣＩＰ）数据

摘星星的人 / 姜辜著． -- 石家庄：花山文艺
出版社，2017．1（2020．1重印）
（春风集）
ISBN 978-7-5511-3215-2
Ⅰ．①摘… Ⅱ．①姜…Ⅲ．①短篇小说－小说
集－中国－当代 Ⅳ．①I247.81
中国版本图书馆CIP数据核字(2017)第005906号

书　　名：**春风集·摘星星的人**

著　　者：姜　辜

策划统筹：张采鑫

特约编辑：菜秧子　雪　人

责任编辑：于怀新

责任校对：齐　欣

封面设计：刘　艳

内文设计：米　籽

美术编辑：胡彤亮

出版发行：花山文艺出版社（邮政编码：050061）

　　　　　（河北省石家庄市友谊北大街330号）

销售热线：0311-88643221/29/35/26

传　　真：0311-88643225

印　　刷：三河市华东印刷有限公司

经　　销：新华书店

开　　本：880×1230　1/32

印　　张：9

字　　数：196千字

版　　次：2017年5月第1版

　　　　　2020年1月第2次印刷

书　　号：ISBN 978-7-5511-3215-2

定　　价：39.80元